상실한다는 것

상실한다는 것

개정판 1쇄 발행 2026년 2월 2일

지은이 이세희
펴낸이 장길수
펴낸곳 지식과감성#
출판등록 제2012-000081호

교정 김지원
디자인 정윤솔
편집 정윤솔
검수 이주연, 이현
마케팅 김윤길

주소 서울시 금천구 벚꽃로298 대륭포스트타워6차 1212호
전화 070-4651-3730~4
팩스 070-4325-7006
이메일 ksbookup@naver.com
홈페이지 www.knsbookup.com

ISBN 979-11-392-3066-6(03810)
값 16,000원

지식과감성#
홈페이지 바로가기

개정판

상실한다는 것

이세희 지음

프롤로그

먼저 이 긴 이야기를 시작하기 전에 한 가지 확실하게 짚고 넘어가려 하는 부분이 있다. 우리가 살아가면서 평소 접하는 감각과 생각 즉, 보거나 듣거나 혹은 생각하거나, 그러한 생각을 기본적인 바탕으로 사고를 형성한다. 또한 그것들로 하여금 자신만의 확고한 가치관을 확립하는 행위들, 배경과 바탕으로 습득한 모든 지식과 정보들, 우리는 그것들을 자신의 현시점의 경험에 덧붙이며 살아간다. 또한, 새롭거나 다른 방면으로 접근하는 경험과 직면하게 됨으로써 이전까지 생각하고 느꼈던 것들에 대하여 처음부터 다시 알아가야 하는 경우도 분명 있다. 그러한 과정에서 많은 이들은 처음 겪었던 마음이나 다짐을 상실한다. 습득된 지식만을 내세운 채, 그 외의 것들은 전부 잊는다. 분명 처음부터 모두가 그러한 마음가짐은 아니었을 것이다. 그렇게 새롭게, 그리고 점차 완벽에 가까워지고 있다고 생각하게 되는 순간, 활자는 오만과 자만에 깊게 빠지게 된다. 한번 그곳에 빠지게 되면 돌이킬 수 없다. 누구의 이야기도 들리지 않을 테니까. 온전히 자기 자신만의 다짐으로 마음을 돌려먹지 않는다면, 아무것도 달라질 것 없는 그런 삶으로 변해버린다.

이야기 처음부터 이렇게 지루하고 재미없는 것들을 꺼내고 싶지는 않지만, 확실하게 알아 두어야 하는 부분이기에 필자는 이러한 부분을 조심스럽게 강조하고 싶었다.

우리 누구나 확실하지 않은 근거로 매 순간 누군가에게 피해를 준다. 또 존재하지 않는 것 혹은 일어나지 않을 것들에 관하여 너무 앞서 걱정한 나머지 해야 할 일을 그르친다거나 엉망으로 망쳐 버리는 경우도 종종 있다. 이렇게 사소한 것들로부터 시작하여 자신이 믿거나 꿈꾸던 세상과는 다르다는 이유로 끝없는 고민과 방황을 하는, 어쩌면 그러한 행동 자체가 영원성과 멀어지는 행위라고 생각하는 어느 남자에 관한 이야기를 지금부터 하려 한다.

그는 용감하지도, 무척 강한 사람도 아니지만, 순수한 마음만은 잃지 않고 간직하려 하는 청년임과 동시에 소년이다. 내가 그에 관하여 분명하게 말할 수 있는 단 한 가지는, 그는 영원성과 그 부재에 관하여 끝없이 고민했으며 자신만의 방식으로 끊임없이 그것들과 다투었다는 것이다.

자, 그럼 지금부터 본격적으로 그의 이야기를 시작하겠다.

이 이야기는 2021년 여름, 인적이 드문 시골 마을 작은 집에서부터 시작된다.

이른 아침. 창문으로 가득 들어오는 햇빛이 K의 몸 전체를 뒤덮었다. 그가 누워있는 침대는 목조가구로 깔끔하게 조립된, 세련되지는 않지만 단조로운 디자인이 방 전체와 잘 어울리는 1인용 싱글침대였다. 침대 바로 옆에는 높이가 비슷한 나무로 만들어진 탁자가 놓여 있었고, 그 위로는 물병과 각종 알약이 규칙 없이 널브러져 있었다. 그는 잠에서 깨었는지 좌측 방향으로 고개를 아주 조금 틀어 햇볕을 직접적으로 직면하기를 거부하더니 양 손가락을 미세하게 움직이고 눈을 떴다. 별다른 움직임은 보이지 않았으며, 양쪽 눈을 깜빡거리며 LED 불빛이 꺼지지 않은 천장을 응시하는 것이 전부였다.

그렇게 약 10분이라는 시간 동안 아무런 움직임도 없는 상태를 유지했다. 응고된 혈액 같은 느낌의 딱딱한 몸뚱이를 무리하면서까지 갑자기

일으켜 세우는 바람에 여기저기 금이 생겨 갈라지는 것 같은 느낌도 들었지만, 그는 아랑곳하지 않고 곧장 침실 밖으로 나갔다.

얼마 지나지 않아 부엌으로 이동하여 냉장고 앞에 가만히 서 있는 그를 볼 수 있었는데, 냉장고에 자석으로 붙어있는 수많은 폴라로이드 사진들을 보면서 우리의 주인공 K는 알 수 없는 한숨만을 깊게 내쉬는 행동을 반복할 뿐이었다.

K는 사진들을 위에서부터 아래로 훑어보다가, 어느 특정 사진에서 오랜 시간 시선을 떼지 못하고 있었다. 마치 그 모습은 집착이라는 단어가 어울리지 않을 정도로, 제법 많은 슬픔이 담겨져 있는 모습과도 같아 보였다. 한참이 지났고 다른 사진들을 볼 때마다 표정이 크게 변하기도 했는데, 결국에는 유독 오랫동안 바라보던 그 사진으로 시선을 돌리곤 했다.

그를 오랫동안 멈춰있게 만들었던 사진은, K의 젊은 시절처럼 보였다. 그 사진 속의 K는 사격장에서 방탄조끼를 입고, 보호용 선글라스를 쓴 멋진 젊은이였다. 지금과는 전혀 다른 분위기의 말끔한 청년의 모습이지만, 조금만 더 신경을 써 자세하게 살펴본다면 그의 젊었던 시절이라는 것쯤은 독자들 누구나 짐작할 수 있을 것이라 생각이 든다.

오랫동안 시선을 빼앗은 문제의 그 사진 속 그의 모습은 조금 어색한 느낌을 가져오기도 했는데, 누군가와 어깨동무를 하는듯한 모습이었다. v자 손을 만든 채 앞을 바라보며 자연스럽게 웃고 있는 모습이, 마치 혼자 있는 자신을 위로하는 모습 같아 보였다. 그러나 정작 그의 표정에는 진실된 행복과 기쁨이 보여지니, 조금 이해하기 어려울 따름이었다. 그리고 폴라로이드 사진 아랫부분의 흰색 여백에는 이렇게 적혀 있었다.

〈11.11.27. 가장 소중한 친구의 인생 퍼즐 맞추기.〉

K는 슬픈 표정과 경직된 자세로 한참을 그 사진만을 바라보더니 눈의 초점을 풀어갔다. 눈의 초점이 흐려질수록 그의 양쪽 어깨도 축 처지더니, 이내 주저앉는 것은 아닌지 어느 정도 걱정스럽게 보였다. 그러나 그는 그런 위태한 자세를 제법 오랜 시간 동안 잘도 유지하고 있었다.

그렇게 시간이 제법 흘렀다. 그는 헛기침을 통해서 자신의 초점이나 마음가짐을 바로잡으려 시도한 것 같았다. 그러나 한참을 말없이 눈물만 글썽이며 있던 것 때문이었는지, 컬컬하고 목이 갈라지는 것 같은 작은 기침을 먼저 한번 하고 나서야 그가 처음부터 의도하던 제대로 된 헛기침을 할 수 있었던 것 같아 보였다. 내가 지켜보는 우리의 주인공 K의 상태는 일괄성이라고는 조금도 찾아보기 힘들 정도였다. 심지어 나는 그의 행동 전부로 보아 조금 전, 그의 방에 널브러져 있던 테이블 위의 알약과 그가 비슷한 상태일 것 같다는 생각을 잠시나마 하게 되었다.

가슴을 내밀어 심호흡을 크게 하더니, 곧장 냉장고의 문을 열고 보드카 한 병을 꺼냈다.

바로 옆 싱크대에는 설거지가 되지 않은 그릇이 가득했는데, 그는 그 중에 언더록 잔 하나를 빠르게 집어 올리더니, 물로 대충 헹구어 털어내는 것이었다.

결국 그가 의도하던 방향대로 왼손에는 보드카 병, 오른손에는 언더록 잔을 들고 거실이 있는 방향으로 향했다.

거실은 그림으로 가득했다. 우측 벽에는 의미를 알기 어려운 현대미술풍의 작품으로 가득했고, 좌측 벽에는 풍경화로 가득 채웠다. 거실의 중간에 위치한 소파 바로 앞, 높이가 낮은 유리 탁자에는 사용한 흔적이 뚜렷한 미술도구들로 가득했다.

팔레트 위의 물감은 딱딱하게 굳어있었고, 유화의 재료로 쓰이는 오일은 뚜껑을 닫아놓지 않아서였는지 대부분 증발해 버린 상태였다.

그는 거실 중간에 위치한 소파에 털썩 주저앉았다. 조금 전, 사진을 바라보면서 시선을 풀었던 것처럼 행동하더니 혼자서 웅얼거리기를 시작하는 것이었다. 마치 자기 자신이나 다른 누군가에게 말을 거는 것처럼 보이는데, 그 소곤거리는 음성이 너무 작아서 알아들을 수 없을 정도이거니와 설령 그 소리를 듣는다고 하여도 제대로 된 언어가 아닐지도 모른다는 생각을 문뜩 하게 되었다.

그렇다고 특별하게 상징적인 행동을 한다거나 자리를 옮기는 일 따위는 없었다.

또, 어느 정도 시간이 지나서야 헛기침으로 자기 자신을 인지하는 데 성공한 우리의 주인공 K는 이번에는 오른손을 사용하여 보드카 병을 들더니 왼손으로 자신의 오른손 팔목을 잡고 있는 것이었다. 그는 아주 심하게 손을 떨고 있었다. 그렇게 양손으로 자신의 잔을 채우고 있었던 것이었다. 그의 표정은, 채워지는 술잔과 함께 분노와 짜증으로 가득 채워지고 있었다. 이렇게 자신의 오른손을 고정시킨 상태에도, 잔 속에 채워진 술보다 많은 양을 테이블에 흘리고 있는 그 모습이 좀처럼 그의 신체들이 정상적인 활동을 하고 있지 않다는 것을 보여주는 것 같았다.

그렇게 힘들게 채워놓은 잔을 망설임 없이 바로 들이켜는데, 술을 삼키면서 표정에도 또다시 많은 변화가 찾아오고 있다는 것을 알 수 있었다. 잔을 강하게 테이블에 내려놓은 그는 알 수 없는 작은 비명을 질렀다. 마치 그 비명은 몸속으로 소리를 삼키며 아래로 내려보내는 절규 같았다. 속 시원한 그런 소리와는 전혀 다른, 몸속으로 삼키는 듯한 그런 종류의 비명이었다. 또한, 갑작스럽게도 그의 심기가 매우 불편해지는 것이 표정에서 드러나고 있었다.

K는 잔에 술을 채우는 것이 짜증 났는지 병째로 들고 마시기 시작했다. 두 모금을 입안 가득 마시더니 재빠른 속도로 소파에서 일어났다.

무엇이 그토록 그를 갑작스럽게도 불편하게 만들었는지 그 이유를 알 수 있는 방법은 딱히 없었다. 그 짧은 시간 동안 술에 취했다던가, 보드카 맛이 변했다는 그런 쓸모없는 이유는 아닐 거라는 확신이 들었다.

좌측 벽에 놓인 어둠이 잘 표현된 캔버스 유화 작품 한 점을 거침없이 벽에서 떼어내더니 손으로 마구 찢고, 그것을 바닥에 수차례 강하게 내려쳤다. 그것도 모자랐던 것인지 맨발로 그것들을 사정없이 밟아대기 시작했다.

이유를 알 수 없는 분노에 사로잡혀있는 상태인 우리의 주인공 K는, 이미 이성이라고는 찾아볼 수 없는 상태로 이르게 되었다. 아니, 어쩌면 처음부터 그에게는 이성이라는 것이 존재하지 않을지도 모른다는 생각을 하게 되었다.

캔버스를 고정하는 용도로 만들어진, 판 뒤쪽 나무 막대가 부러지며 생긴 가시가 K의 발바닥에 박혔다. 그러나 그는 아랑곳하지 않고 더 힘껏 그것들을 밟기 시작했다. 어느 정도 그의 분노가 가라앉았을 때는 그가 망가트리려 하는 그 그림이 형체를 알아보기 힘들 정도로 변하고 난 후였다.

K가 탁자 위에 놓인 커팅기를 사용하여 시가의 끝부분을 깊숙하게 절단했다. 그리고 곧장 그 두꺼운 시가에 불을 붙이더니, 조금 전 난동으로 인

하여 가시가 박혀버린 오른 다리를 조금씩 절뚝거리며 화장실로 향했다.

화장실은 집안의 다른 불빛과는 다르게 조금 노랗고 어두운 조명이었다. 며칠 전, 그가 주먹으로 강하게 거울을 깨어버린 덕분에, 거울 속 K 자신의 모습은 노란 조명 아래 여러 명으로 비춰지고 있었다.

그의 모습은 글로 표현하기에는 조금 잔인했다. 얼굴은 화상 자국으로 가득했으며, 머리는 기름이 잔뜩 끼어있는 장발로 방치되어 있었다. 심지어는 중간마다 제법 비중을 두고 있는 흰머리가 그의 모습을 더욱 비참하게 보이도록 돕고 있었다. 또한 얼굴 대부분을 가리고 있을 정도로 길게 길러진 수염이 그가 얼마나 오랫동안 이러한 생활을 지속하고 있었는지 조금이나마 설명해 주는 도구가 되는 것 같았다.

그는 거울 앞 세면대를 기대어 잡고, 고개를 숙인 상태로 눈물을 흘렸다. 그는 끝내 한없이 절규하며 울었다. 소리를 지르는 동안에도 목이 많이 갈라져 이상한 소리를 자주 내곤 했는데, 화장실 고유의 울림소리가 한몫 보탰던 덕분인지 누군가 죽어 나갈 때에나 지르는 소리처럼 그 비명의 깊이가 뚜렷하게 느껴지고 있었다.

슬프고, 길다면 길다고 느껴지는 그 절규를 멈추고 나서야, 행동해오던 방향과는 전혀 다르게, 엉뚱하게도 면도를 시작했다. 얼굴에 물을 묻히거나 면도크림을 바르지 않은 상태로 일회용 면도기를 이용해 수염을 잘라내고 있는 것이었다. 사실 그 광경을 지켜보는 입장에서는 수염을 깎는다고 보여지기보다는 일회용 면도기를 이용하여 수염을 뜯고 있다는 표현이 조금 더 어울리는 것 같았다.

단순히 피부의 자극이 심해서였을까, 아니면 그런 일반적인 이유가 아닌 것들이 그를 괴롭히고 있는 것인지 K는 지속적으로 신경질을 내면서 면도를 멈추지 않았다. 덕분에 그의 피부와 일회용 면도기에는 상당히 많은 피가 묻어 있었다.

면도를 마치고 깨진 거울로 수많은 자신들을 바라보면서 수건으로 지혈을 한다고 몇 번을 누르고 있지만, 다시 수건을 떼어내면서 피가 흘러나오는 것을 막을 방법이 없었다. 그는 몇 번 정도 그런 행동을 반복하더니, 이내 포기한 셈인지 출혈 부위를 무시한 상태로 거실에 있는 소파로 발걸음을 돌리고 있는 것이었다.

그는 소파 쿠션 아래 놓아둔 허름한 노트 두 권을 조심스럽게 꺼냈다. 그리고 그는 갑자기 분주하게, 그리고 그 전 행동들과는 전혀 다른 모습으로 모든 행동들을 아주 명확하게 취했다. 그리고 빠르게 무언가를 준비하기 시작했다.

시간이 얼마 지나지도 않아 노트 옆에 뜯지 않은 위스키 한 병과 시가 한 개비, 그리고 권총 한 자루를 올려두는 것이 아니겠는가.

또한, 놀랍게도 앞서 서술했듯, 이 모든 준비들을 아주 신속하게 처리했다. 다리를 절고 있음에도 불과하고, 방금 그 준비만큼은 아주 빠르게 진행해서 조금 전까지 보았던 그의 모습과는 전혀 다른 분위기를 느낄 수 있었다.

그렇게 준비가 끝난 상태로 그는 자신이 꺼낸 노트를 바라보았다. 자주 눈의 초점을 풀어 버리고 삶의 의욕이라고는 느껴지지 않는 것처럼 보이는 그였지만, 지금 이 순간만큼은 무언가에 집중하겠다는 의지가 확고하게 느껴지고 있었다.

그렇게 그는 아주 신중하게 노트 한 권을 열더니, 천천히 그리고 아주 조심스럽게 페이지를 넘기면서 그곳에 써진 글을 읽기 시작했다.

어느덧 뉴욕 생활이 끝날 때쯤, 삶의 여유를 조금 찾아가는 것 같다. 이제 막 1년간의 증권회사 생활을 끝내고, 한국에 들어갈 준비를 하고 있다. 이 지긋지긋한 허영심과 돈밖에 모르는 더러운 인간들과 작별할 것을 생각하니, 한시라도 빨리 짐을 꾸려 공항으로 가고 싶은 마음이 들기도 한다.

뉴욕에서의 컬럼비아대학 학부 과정과 증권회사 재직 과정 동안, 단 한 명의 친구도 사귀지 못했다는 것이 다소 아쉽기는 했지만 외롭지는 않았다. 나를 배신하지 않을 것이라고 믿는 것은, 내가 노력하는 책상 위에서의 시간 그리고 나에게 습득된 지식이 전부라고 확신하고 있기 때문이다.

몇 없는 나의 친구들도 이제는 융통적인 인간관계의 조화에서 한 발짝 물러나 자신의 목표에 전념해보는 것이 어떨까 생각이 들곤 한다. 물론 매사에 논리적이고 이성적인 판단이 가능한 나에게는 이러한 행동이 늘상 쉽게 작용한다지만, 그들에게는 쉽지 않을 것이라고 생각한다.

한국에 돌아가면 K와 가고 싶은 곳이 있다.

내일 아침이 오면 여행을 시작하려고 한다. 물론 길거리에는 나를 동양인이라 비웃는 어리석고 멍청한 녀석들뿐이겠지만, 타지에서 여행이라는 시간 낭비를 한 번도 하지 못했기 때문이다.

-11.06.28.

그동안 사용하던 짐을 전부 정리했다. 필요한 책들은 한국에 있는 집으로 보내놓았고, 불필요한 짐들은 대부분 기부를 하거나 버렸다. 이곳에서의 좋은 추억을 만들지 못했기 때문에 간직해야 할 것이 없다고 생각한다. 집을 나오며 느꼈지만, 추억은 짐이 되는 것 같다. 사람은 살아가면서 알지 않아도 되는 것들에 대하여 집착하는 것 같다. 물론 어떠한 학술이나 교양적인 부분조차도, 많은 지식은 아픔을 동반한다. 이런 쓸모없는 지식을 습득함으로써 우리는 얼마나 많은 시간들을 허비하고 있는지 알아야 할 것 같다.

미드타운 이스트에 W호텔로 왔다. 걷다 보니 내가 어느 곳을 향하고 있는지 모르겠더라. 사실 날씨가 생각보다 더워서 그냥 들어왔다고 말하는 것이 나에게 정직할지도 모른다.

이곳도 한국 W호텔처럼 woo bar가 있다. 이곳에 K와 함께 왔다면, 나와 함께 블루라벨을 베이스로 만든 위스키사워를 한잔하며 책에 관한 이야기도 함께 했을 텐데 말이다.

지금은 방으로 들어와 샤워를 끝내고, 위스키 한 잔을 채워 놓은 채로 허드슨강을 바라보고 있다. 인간들이 만들어낸 풍경치고는 나쁘지 않음을 다시 한번 느낀다. 제법 많이 마신 것 같다. 약간의 어지러움이 느껴지니 이만 써야겠다.

-11.06.30.

오늘은 제법 귀찮은 하루가 지나갔다. 날씨도 덥고 움직임의 제한이 많은지 땀도 많이 흘렸다. 오늘은 캘리포니아주로 이동하는 도중에 라구나 비치에 들렀다. 사람이 너무 많아 바다 감상은 집어치우기로 했다. 그곳에서 애너하임이라는 도시까지 오게 되었는데, 볼거리가 하나도 없었다. 이곳은 한국 사람이 제법 많았다. 여행자들도 꽤나 있었는데 그중에 몇 명이 통역을 해달라는 불필요한 부탁을 하는 바람에 기분이 조금 좋지 않았다.

처음 보는 사람에게 시간 낭비를 부탁하는 사람들을 이해할 수 없을뿐더러, 그런 부류들에게 편의를 제공해야 하는 이유를 납득할 수 없기 때문이다.

아무래도 여행은 나에게 어울리지 못한 행위인 것 같다.

조금 긴 여행을 하려고 했지만, 조만간 한국으로 들어가야겠다.

하루 종일 더운 거리에서 걸어 다녔기 때문에 많이 피곤하다.

-11.07.03.

마음을 비워둔 탓일까? 편안한 상태로 하루를 마감하고 있다.

이른 아침부터 공항으로 향했다. 이제 당분간은 미국에서의 생활은 하지 않기 때문이라 생각해서 그런지 마음이 편하다. 아마도 지금 부모님의 생각은, 조금 더 학업을 준비하여 다시 미국으로 돌아가 MBA학위를 취득하기를 원하는 것 같다.

하지만 사람 일은 장담할 수 없는 법. 지금 내가 떠나고 있는 이곳에 다시 돌아올 거라는 장담을 하지는 않는다.

내 입맛이 까다로운 편은 아니지만, 오늘따라 기내식이 마음에 들지 않았다. 그래서 밥을 먹는 대신에 맥주를 마시며 책을 읽었다. 딱히 구입해 둔 책이 없어 가방에 있던 톨스토이의 단편소설 〈크로이체르 소나타〉를 읽고 있는데, 이 작품만큼은 읽을 때마다 주인공의 입장을 변하게 하는 능력을 지닌 것 같다. K를 만나면 이 책을 선물해야겠다는 생각이 들었다.

책을 읽다 보니 맥주를 제법 많이 마셨다. 기내에 탑승한 지 어느덧 5시간 정도가 지났다는 것을 알았는데, 술을 조금 과하게 마셨던 탓인지 안전 불감증 증상이 심하게 오지는 않았다. 남은 시간을 더 버텨야 할 생각을 하다 보니, 너무 끔찍해서 이렇게 일기를 쓰고 있었다. 그렇다고 지금 내 입장이 따분해서 글을 쓰고 있는 것은 아니다. 나의 심리상태를 언제라도 확인할 수 있도록 기록을 해둘 뿐이니깐.

남은 시간을 깨어있는 상태로 보내는 것이 두렵기에, 이만 쓰고 조금 자도록 노력해야겠다.

-11.07.05.

별다른 기대 없이 이곳에 도착했지만, 조금은 반가운 감정이 느껴지곤 했다. 낯설지 않은 이곳의 풍경은 나를 조금 들뜨게 만들었다. 2년 전 구입했던 유행이 지난 선글라스를 처음으로 껴본다. 공항 밖으로 나와 뜨거운 아스팔트 위에 캐리어를 눕혀놓고, 그 위에 앉아 아이스크림을 먹었다. 그렇게 아이스크림을 먹고 5분 정도 가만히 아무 생각이나 했다. 아마도 그 5분은 내가 한국에서 무엇부터 정리하고 시작해야 하는지, 생각하고 다짐하는 시간이었을지도 모른다.

공항 리무진을 타고 집까지 가려 했지만, 더운 날씨 때문에 그냥 택시를 타기로 했다. 중간에 내려서 짐을 들고 다시 택시를 타는 것은 효율적이지 못한 행동이라고 생각했기 때문이다.

집으로 향하는 동안 택시를 탄 것을 두 번 정도 후회했다. 운전기사는 왜 이렇게 말이 많은지, 그는 집까지 오는 동안 혼자서 30분 정도를 떠들었다. 물론 다 기억하지는 않지만 세상 사는 이야기, 그중에는 사회 불만이 대부분이었던 것으로 기억한다. 아무튼, 불만이 많은 사람치고는 마음에 드는 사람이 없다.

집으로 돌아와 보니 아무도 없었다. 공항에서부터 집까지 오는 길에 유일하게 나를 반겨준 사람은 아파트 관리인이 전부였다. 짐을 풀기 전에 K에게 먼저 전화를 했다. 그는 회사 업무를 보고 있기 때문에 간단한 인사를 하고 끊었지만, 그 짧은 순간마저 커다란 반가움이 느껴졌다.

그와의 통화를 끝내고, 내 방으로 향했다. 친구들과의 추억을 폴라로이드 사진에 담아 벽을 가득 채워둔 일은 잘한 것 같다고 지금도 자부한다.

사진을 보다 침대에 누웠다. 그러다 잠이 들었고 눈을 떴을 때 30분 정도의 시간이 흘렀다는 것을 알 수 있었다. 간단하게 세면을 끝내고 지하

주차장으로 갔다.

내가 좋아하는 머스탱은, 같은 자리에서 나를 줄곧 기다리고 있었다. 배터리가 방전되지 않을까 걱정했지만, 누군가 꾸준하게 관리를 했던 모양이다.

시동을 걸자 반가운 엔진 소리가 들렸다. 천천히 액셀을 밟아 주차장을 빠져나갔다.

밖은 제법 어두워지고 있었다. 나는 명지전문대를 지나 서오릉 방향으로 향하고 있었다. 한국에 오면 K와 가장 먼저 이곳에 와 커피 한 잔 하고 싶었다. 하지만, 뭐가 그리 급했는지 나 혼자 이곳을 먼저 찾았다. 서오릉 매표소 앞 자판기 커피는 나에겐 아주 오래된 중요한 장소다. 이곳에서 K와 많은 시간을 함께 보냈다.

혼자 시간을 보내고 집에 돌아왔을 땐, 가족들이 전부 집에 있었다.

우린 형식적인 인사를 하고 저녁을 먹었다. 물론 식사 중에 나눈 대화는 나의 진로를 개척해 놓은 아버지의 따분한 연설과 무관심한 어머니의 젓가락질 소리로 마감되었다. 아버지는 어디를 가도 교수라는 직업이 티가 날 정도로 딱딱하고 감정이 없다. 물론 나는 그 위치에 있지 않는데도 그를 썩 닮아가고 있었다. 동생은 식사가 끝내기 무섭게 내 방으로 달려와 나를 반기며 뉴욕에서의 이야기를 해달라고 졸랐다.

그렇게 한 시간을 동생과 대화하다 보니 어느덧 밤이 됐다. K에게 다시 연락하는 것을 깜빡했다는 것을 깨달았지만 늦은 시간 그를 방해하고 싶지 않아 연락을 하지 않았다.

-11.07.06.

K와의 만남은 아주 즐거운 일이다. 나를 위해 휴가를 사용했다는 연락을 받았다. 그 소식을 가정부 아주머니를 통하여 들었다는 것이 조금 아쉬웠다. 아침부터 사람이 많은 종로 거리의 커피숍을 선택한 이유는, 타인들의 도시 속 바쁜 생활을 통해 얻을 수 있는 나만의 여유로움을 선택하고 싶었기 때문이다.

커피를 마시고 K와 함께 갔던 서울시립미술관은 사실 따분했지만 작품 앞에서 혼자 독백을 하는 것도 나쁘지 않은 시간이었다. 그 순간에도 준비하고 있는 각종 논문 자료들이 머릿속에서 떠올랐다.

간단하게 칵테일을 마시자며 이동했던 종로 지하의 BAR는 나쁘지 않았다. 칵테일 맛은 그렇게 마음에 들지 않았지만, 아날로그식 레코드로 음악을 틀어주어 분위기가 마음에 들었다.

그와의 대화 중에 새삼 느꼈지만, 어느덧 K가 사회생활에 잘 적응하고 있는 것을 보니 내가 안심이 되었다. 예전부터 함께 미래를 공유했지만, 사회의 욕심보다는 여유로운 시간을 즐기던 그를 항상 걱정할 수밖에 없었다. 소위 우리가 말하는 삶에 낙오자가 될까 봐 그게 걱정이 되었었다. 물론 그는 이제 본인이 있어야 할 자리를 잘 찾았다. 이렇게 멋지게 지내고 있는 그에게 오늘 한 번 더 갈채를 보낸다.

-11.07.07.

정신적인 문제가 갈수록 악화되는 것을 종종 느끼고 있었다. 이전에 진료를 받던 주치의를 만나 이야기를 나눴다.

분명 나에게 있어 가장 크게 문제가 되었던 정신분열증의 결과인 언어와해 현상은 점차 줄어들 생각을 하지 않았으며, 공황장애로 인한 불안감과 미세한 발작증상은 하루가 갈수록 그 횟수가 늘어갔다. 복용하던 약물치료는 그대로 하되, 인지행동치료를 병행하자고 주치의가 제안했다. 하지만 나는 믿지 않았다. 진료를 시작한 그 후부터 아직까지도 단 한 번의 효과를 얻지 못했다. 또한, 이런 설명할 수 없는, 근거가 없거나 이론적으로 명확한 원인이 없는 것들에게 시간 낭비를 하고 싶지 않았다.

그렇다. 나 스스로 나를 치료함을 거부하고 있는지도 모른다. 늘 생각하지만, 몰라도 되는 것들을 알아야 할 필요는 없는 것 같았다. 정확하게 치료거부를 마음먹고 집으로 돌아왔다.

평상적인 생활을 지속하되, 지금 같은 문제가 장기 지속적으로 발생하면 주치의 뜻에 따라 필요한 모든 치료를 받겠다는 말에 대답을 했다. 그리고 신경안정제를 처방받았다.

주변인들에게는 애써 말하지는 않고 있지만, 설령 이야기한다 해도 크게 달라질 것은 없다고 생각한다. 나는 여전히 하루에 4시간 이상 수면을 취하지 못한다. 매번 얕은 잠에서 맴도는 행위가 지속된다. 주변 소리는 명확하게 들리고, 작은 소리도 인지할 수 있다. 마음이 허락한다면 수면 도중 언제든 몸을 일으키는 것이 가능했다. 한 시간 이상 깊은 수면을 갖는 것이 나에게는 자주 발생하는 일이 아니었다. 하지만 상관없다. 이러한 환경 덕분에 나는 남들보다 많은 시간으로 하루를 살고 있다.

어쩌면 나의 우수한 성적과 성과물은 이러한 이유로부터 오는 축복이 아닐까 생각도 한다.

걱정거리를 적다 보니 한결 후련했다. 이래서 종교를 믿는 자들이 고해성사를 하러 가나 보다. 물론 나는 지극히 객관적이며 논리적인 무신론자이지만, 어느 정도 극소수의 그들을 이해할지도 모르겠다는 생각이 들었다.

오늘은 〈카라마조프가의 형제들〉을 읽으며, 내가 가장 존경하는 이반의 사상을 조금 더 관찰해 보도록 했다.

당분간 휴대폰을 만들지 않을 생각이다. 당장 직접적으로 해야 할 일도 없을뿐더러, 길거리에서 휴대폰만 만지며 앞도 안 보고 걷는 멍청한 놈들과 통계적으로라도 같은 부류로 남고 싶지 않기 때문이다.

-11.07.24.

며칠째 비가 제법 많이 내린다.

최근에는 몇몇 학회에 참석을 요청했으며 승인을 완료받았다. 또 개인적으로 준비하고 있는 논문이나, 필요한 자료를 수집하고 있다. 휴대폰이 없으면 생활이 무척 번거로울 것 같았는데, 막상 없는 대로 잘 지내는 것 같다.

오늘은 별다른 스케줄이 없기에 집에서 책을 읽고 음악을 듣고 있었다.

며칠 전 종로의 광장시장에 중고 LP를 구경하러 갔는데, 존 레논 싱글 앨범을 발견하고 구매했다. 저렴한 가격에 구입하였지만, 그 이상으로 이것을 활용하고 있으니 어찌 보면 이런 소비행위야말로 의미 있는 것이 아닐까 생각도 든다.

마음이 여유로운 날, K와 함께 서로가 읽었던 책에 관하여 이야기하는 시간을 가졌으면 좋겠다. 요즘 비도 자주 내렸다. 독서하기에는 제법 좋은 날씨인 것 같다.

나는 요즘 마누엘푸익의 〈거미여인의 키스〉를 읽으며, 정치적인 관계 속의 유대관계를 생각하고 있다. 늘 습관처럼 USB에 내 생각을 정리하여 메모하는 것 또한 잊지 않고 있다.

K에게 보여줄 자료가 너무 많다.

-11.07.27.

K에게 연락을 받고 놀랐다. 여자 친구가 생겼다고 한다. 이것은 축하를 해줘야 하는 것일까? 아니면, 위로를 해줘야 하는 일일까? 아무쪼록 보통 사회적 시각으로 봤을 때, 대부분 사람들은 이런 일을 축하하기 때문에 나도 축하한다는 말을 했다. 딱히 무슨 의미를 두는 것은 아니다.

또한, 그의 권유는 참고하겠지만 나는 누군가를 만날 준비가 되어있지 않다. 아직 내가 해야 할 일들도 많을뿐더러, 감정으로 누군가와 얽혀 나의 일을 방해받고 싶지는 않다.

나의 개인적인 부분이기 때문에, 어느 정도 선을 긋고 생활할 수밖에 없다.

가끔 K와 대화를 하는 것, 혹은 보스턴에 있는 동문이자 친구인 Joon에게 가끔이나마 조언을 구하는 것으로도 나는 충분히 외롭지 않다.

Joon이 이제 MIT를 졸업했다는 소식을 들었다. 아마도 바로 교내 연구원으로 활동을 하겠다고 했는데, 한국에 들어오기 전 잠시 통화를 한 것이 고작이라 정확한 내막은 듣지 못했다.

어쨌든, 이제 K는 여자 친구와의 좋은 관계 유지를 위하여 힘쓰길 바라며, 그가 원하는 방향으로의 성공이라는 말을 사용하기를 바라야겠다. 나는 아직도 이 사회의 연애는 두 달이면 충분하다고 받아들이고 있기 때문이다. K가 그것이 아니라는 것을 나에게 증명하는 좋은 예가 되었으면 좋겠다. 적어도 그가 보여주는 표본이라면, 나에게는 아주 좋은 믿음이라 자부하기 때문이다.

벌써 새벽 다섯 시가 넘었다. 이른 오전부터 스케줄이 있는데, 지금이라도 수면을 시도하는 것이 현명할 것 같다.

-11.08.02.

오늘은 조금 놀랄만한 일이 생겼다.

평창동에 위치한 작은 갤러리에 갔었다. 비가 조금씩 내리는 탓에 우산을 들고 갔다. 갤러리 근처에 항상 주차하던 자리가 있었는데 낯익은 차량과 번호판을 발견했다. 잘 생각이 나지 않아, 기억을 되짚어보는 일은 단념하고, 갤러리에서 작품을 구경하고 있는데 누군가 나에게 말을 거는 것이었다. 뒤를 돌아보았더니 아는 이였다. 그것도 한때 잠시나마 결혼을 이야기했던 여자.

너무 놀란 나머지, 간단한 인사도 제대로 하지 못하고 악수를 먼저 했다. 내가 그때 지었던 표정이 아직도 기억에 남는다.

그녀는 지금 서른 살이 되었다. 나보다 네 살 많았으니깐. 여전히 밝은 모습이 잘 어울렸다. 환한 미소, 적당히 꾸미고 온 모습과 잘 어울리던 액세서리, 그리고 그녀에게 뿜어져 나오는 기품 그 모든 것이 그대로였다. 하지만 이제는 나와 상관없는 사람이다.

조심스럽게 서로의 안부를 물었지만, 더 이상 별다른 이야기를 나누어야 할 이유는 없었다. 우리의 관계는 이루어질 수 없다는 것을 누구보다도 자세하게 알고 있는 상황이다.

그녀는 다가오는 9월 3일 결혼을 한다고 말했다.

약혼자는 국제변호사 일을 하는 다섯 살 연상의 남자라고 이야기했다. 그리고 누구보다 자신을 아끼고 사랑해 준다는, 그런 따분한 이야기였다.

아무튼, 축하의 인사를 전하고 각자의 길을 가려고 하던 도중 그녀가 나의 연락처를 물었다. 나는 핸드폰이 없다는 사실을 말했고, 그녀는 나에게 "여전하네?"라고 말하며 웃었다. 비꼬는 말투는 아니었지만 기분이 좋지는 않았다.

시간이 되면 결혼식에 참석해 축하해 달라며 가방에서 청첩장을 꺼내고 있는 그녀를 보며 나는 고개를 조금 끄덕거렸다. 애초부터 확연하게 상대가 좋지도 않았지만, 언젠가는 해야 할 결혼이라 생각했다. 상대방의 조건을 생각하고 승낙을 했던 나 자신도 문제였다. 또 단지 사회적으로, 지금 당장 자리를 잡을 수 없는 대학생 신분이라며 무조건 반대하던 그녀의 아버지를 보기 싫다는 이유를 핑계를 삼아서라도 가지 않을 것이다.

집으로 돌아오는 길. 약간의 비가 반갑게 느껴졌다. 조금은 허전한 이 감정은 무엇이라고 설명해야 할지, 처음 이런 일을 겪는 나로서는 설명하기 상당히 벅찬 부분이었다.

하지만 슬프지는 않았다. 애초에 누군가를 마음에 담아 본 적이 없기 때문이다. 물론, 인간의 본질적인 성향 덕분에 나에게 배신감을 안겨준 사람들에 대한 증오심은 더욱 커져가고 있을 뿐이다. 사랑 따위는 존재하지 않는다.

지금은 그녀를 만난 기념으로 혼자만의 축배를 들고 있다.

소량의 소금과 파트론을 마시며 일기를 쓰고 있다. 기분이 썩 좋지 않은 날에는, 뒤끝이 씁쓸한 데킬라가 어울린다. 아주 역한 뒤끝이, 그나마 좋지 않은 기분을 덮어버린다.

오늘은 여기까지 써야겠다. 혼자만의 시간으로 지난 과거를 조금 상상해보는 시간도 나쁘지 않을 것 같다.

친구들의 삶은 어느 정도 평탄할까?

-11.08.06.

K에게 예전 나와 결혼을 약속했었던 그녀의 소식을 알렸다. 하지만 그에게 이러한 일로 위로를 받았다니 조금 재미있었다. 나는 사실, 전 약혼자가 결혼한다는 소식을 듣고 슬프지 않았다.

단지 과거의 짐들이 나에게 다가오는 느낌이 싫었을 뿐이다. 늘 이야기하지만, 몰라도 되는 것을 알았을 때의 괴리감은 썩 좋지 않다.

며칠 전 휴대폰 대리점에 방문하여 스마트폰을 구입했다. 각종 이메일 확인과 단순한 메모 기능 때문에 불편함을 억제하지 못하고, 기계의 노예가 되는 계약을 시작했을 뿐일지도 모른다.

또 한 가지, 웃긴 일이 생겼다.

카카오톡이라는 어플이 있는데, 주변인을 통하여 알게 된 사람에게 나의 핸드폰 번호를 알려주게 되었다. 평소 같았으면 상상할 수 없는 행동을 했다. 막상 전화를 해서 나에게 던진 질문은 쓸모없는 헛소리 정도였지만, 나는 이러한 상황이 조금 웃겼다. 이름도 모르고, 얼굴 한번 못 본 여자가 나와 전화통화로 이야기를 하고 있다는 이 상황 자체가 이해되지는 않았다.

별로 나에게는 득이 되지 않기 때문에 딱 잘라 말해 통화를 끊었다. 아무튼 기계의 발달은 인간에게 편리함을 주지만, 값싼 만남을 선물하는 일등 공신이 되기도 하나 보다.

내일은 스케줄이 비어있는 날이다. 마침, 비가 오지 않는다는 소식을 듣고 아침 혼자 낚시를 하러 포천으로 다녀오려 한다. 최근 자주 오는 비 덕분에 낚시가 제대로 될지는 모르겠지만, 혼자서 시간을 보내다 돌아오는 것도 좋을 것 같다.

휴식이 필요했던 것 같다.

-11.08.17.

낚시를 하려고 포천으로 향했다. 막상 이곳에 도착하니, 마땅한 곳을 찾지 못했다. 최근 비가 많이 와서 물도 제법 불어나 있는 상황이고, 너무 뜸한 방문이라 주변 지리를 많이 잊었다. 무작정 포천터미널에서 일동 방향으로 달렸지만, 낚시터의 표지판은 어디에도 보이지 않았다.

나는 결국 근처 민박집으로 향했고, 낮부터 하루 종일 셰익스피어의 소네트집을 읽고 또 읽기를 반복했다. 내가 가장 좋아하는 138번 소네트를 가장 많이 읽었다. 사랑의 거짓됨을 멋있고 현실적으로 잘 표현한 것 같다. 작년에는 138번 소네트 원서를 보면서, 조금이라도 더 멋있게 번역하여 보관하고 싶다는 욕심에 며칠을 고민하면서 번역 작업을 했던 기억이 난다.

-11.08.18.

요즘은 삶의 여유가 묻어나지 않는다. 사실 이런 점이 조금 아쉽다. 이렇게 하루를 줄이면서도 시간이 모자라는 것이 가끔은 벅차다는 생각이 든다. 잠을 조금이라도 더 줄일까 고민하지만, 지금보다 더 적은 수면을 취한다면 매번 스케줄에 지장이 생길 것 같기에 포기했다.

작년, 뉴욕에서 열린 증권 팀 세미나에서 만났던 이 교수와 함께 논문 준비를 시작하기로 했다. 나의 까다로운 업무처리가 그는 마음에 들었다고 하지만, 그는 분명 다른 무언가를 계산을 하며 나를 선택하였다는 것을 알고 있다. 물론 나도 그를 계산하여 선택하였기 때문에 우리의 거래가 합리적으로 성립되었다고 본다.

하루 종일 컴퓨터 앞에 앉아 자료수집과 각종 사례들을 읽어보지만, 따분하지는 않다. 삶에 진정으로 지루한 것은 드라마를 보거나, TV 예능 프로그램을 보는 것이 아닐까 한다.

허구성으로 가득한 이 세상 속 현실을 인지하지 못하고, 망가져 가는 사람들이 상당히 많다는 것을 통계적인 자료로도 확인이 가능한 사실이다.

며칠 전, 전화번호를 알려준 그녀에게 다시 한번 전화가 왔다. 마침 쉬고 있던 시간에 연락이 왔기 때문에 방어적으로 그녀를 대하지는 않았다. 다만 무슨 말을 하건 믿지 않았고, 신경 쓰지도 않았다.

그녀의 이름은 지율이라고 한다. 밝고 명랑한 듯한 목소리를 지녔다. 지극히 내 주관적인 판단 아래서의 느낀 점이다. 하지만 나는 그를 잘 모른다. 악의는 없는 것 같다. 유익하지는 않지만 간단한 대화는 나누었다.

집으로 도착하였을 땐, 6시가 조금 넘었다. 평소보다 빠르게 귀가했다. 아버지가 집에 계셨고 나를 거실로 부르더니 위스키 전용 잔을 가져오라고 했다. 그렇게 말한 본인은 거실 진열장에 있던 맥켈란1971 한 병을 꺼내어 탁자에 올려놓았다.

상당히 구하기도 힘든 고가의 술을 꺼낸다는 것은 아주 기분 좋은 일이 있거나, 나에게 할 이야기가 가벼운 이야기가 아니라는 것을 인지할 수 있었다. 항상 어느 정도의 긴장감을 갖고 그를 대하긴 하지만, 이런 시간은 썩 반갑지 못했다.

술을 석 잔 정도 마실 때까지, 우리는 단 한마디의 대화도 나누지 않았다. 평소 소통이 없는 관계이기 때문이지만, 서로를 어느 정도 경계하고 있다는 것이 느껴졌다. 그는 나를 공격할 틈을 계산하였고, 나는 그를 방어하려고 계산하였다. 이 시간이 우리에게는 서로 긴 여백으로 남을 것이라는 것을 짐작했다.

어느 순간 그가 입을 열었다. 오늘은 앞으로의 학업에 대하여, 혹은 그가 나에게 위임한 증권투자의 진행 과정을 논하는 자리가 아니라고 말했다. 한쪽으로는 다행이라 생각했지만, 다른 한쪽으로는 어느 정도 불안감이 더해져 갔다.

아버지는 말을 꺼내나 싶더니, 갑자기 이유 없이 식사를 했냐고 물었고 나는 아직 먹지 않았다고 답변했다. 사실 속으로 너무 어처구니가 없었다. 또 어떤 쓸모없는 이야기나 꺼내려고 하는 것인지, 혹은 위스키 석 잔에 판단력을 잃어버리지는 않았나 하는 생각도 들었다.

아무튼 갑작스러운 그의 제안으로 집 근처 레스토랑으로 가서 식사를 주문하고 이야기를 시작하기로 했다.

집에서 그곳까지의 거리는 도보로 10분 정도 소요되었다. 가는 동안의 10분은 나에게 1시간처럼 느껴졌다. 아인슈타인의 상대성이론이 여기에서 성립될 줄은 상상도 못 했다.

레스토랑에 도착해 추억이 없던 뉴욕 생활이나 본래의 나의 꿈 따위를 질문하며 가벼운 술 한 잔과 이야기의 본론을 시작하였다.

서빙하는 직원이 매번 방으로 들어와 귀찮았고 집중하기 어려웠던 건 사실이다. 직원 교육이 엉망인지 노크 따위는 없다. 인테리어와 일하는 사람은 전혀 어울리지 못했다.

어쨌든, 테이블에 코스요리가 전부 올라왔을 때부터 그의 본격적인 이야기가 시작되었다.

그가 나에게 말했다. "너는 심하게 이상적이지는 않아. 하지만 현실과 거리가 먼 곳에 살고 있어. 너의 문제점이 무엇인 줄 알아? 너는 자신이 바라는 것에 모든 것을 투자해. 일도 사람도 추억도. 나는 네가 어릴 적부터 쭉 봐왔어. 너는 마음에 드는 무엇 하나를 잡으면, 순간 그것에 모든 것을 걸어버리지. 하지만, 시간이 지나면서 그 모든 것을 걸었던 게 하나둘씩 쌓여. 하지만 세월 속에 하나둘씩 잊혀지거나 잃어버리지. 그래, 너는 그렇게 갑작스럽게 잃어버린 것 때문에 망가지는 거야. 현실적이지 못하기 때문에. 그 잃어버린 한 가지 때문에, 네가 가졌던 모든 것들을 한순간에 버리거나 포기하는 게 쉽지. 너는 항상 그래왔어. 그게 내가 너에게 해주는 충고야."

인정하기는 싫었다. 다만, 부정할 수 없었다. 그리고 궁금했다. 어째서 이 사람이 나에 대하여 이렇게 판단할 수 있는 것일까? 고작 이 사람 따위가 나를 쉽게도 이야기할 수 있다는 것이 너무 싫었다.

나는 무언가에 대하여 항상 방어하고 살고 있다. 굳이 그것들을 나에게 되돌아볼 시간을 주는 이유는 무엇일까? 나의 자발적인 판단으로 이 정도 생각도 못 하거나, 이겨낼 수 없이 그저 사는 대로 살아가는 한심하고 멍청한 인간으로 나를 생각하고 있는 것은 아닐지 의심도 들었다.

이야기가 끝날 때쯤, 디저트로 간단한 과일과 스카치 한잔이 나왔다.

아버지에게 먼저 들어가라 말씀드리고 나는 조금 뒤늦게 나왔다.

오늘따라 집으로 가는 길은 유난히 외로웠다.

-11.08.21.

며칠간 아버지의 충고에 대하여 고민하게 되었다. 물론 나의 기본적인 생활 방식에는 지장이 없을 정도의 고민이다. 하지만 마음 한구석이 늘 허전하다고 느꼈다.

삼성동 무역센터 건물에서 세미나를 끝내고 나니 8시가 되었다. 참석했던 모두가 여유로워 보였지만, 곧장 집으로 가려고 하는 모습이 눈에 보인다.

나는 바로 옆, 인터컨티넨탈 호텔 1층 blush bar로 향했다. 분명 내가 한참 이곳을 자주 다녔을 때에는 모던적인 느낌이 마음에 들었지만 많이 변화했다. 이제는 제법 시끄러운 음악도 많이 나왔으며, 젊은 층의 여성을 겨냥한 프로모션도 많아졌다.

매니저가 나를 안내했지만, 무시하고 내가 자주 앉던 테이블로 가서 앉았다. 그리고 텡커레이디 토닉을 한 잔 주문했다. bar에 앉으면 귀찮게 말을 거는 경우가 발생하기 때문이다. 이러한 경우를 피하고 싶었다. 한 시간 동안 멍하니, 무려 일곱 잔을 마셨다. 판단력이 조금 흐려지는 것이 느껴졌다. 계산을 끝내고 호텔 앞에 대기하고 있던 택시를 탔다. 다만 그 순간에도 말 많은 택시 운전기사가 아니기를 바랄 뿐이었다.

내 걱정과는 다르게 그는 목적지를 물어본 후, 내가 내리는 순간까지 불필요한 이야기를 하지 않았다.

집으로 돌아와 샤워를 끝내고, 테라스에서 시가를 태웠다. 샤워 후에 피우는 파르타거스 d-4는 무엇과도 바꿀 수 없다. 다만, 나는 그 순간에도 오늘 내가 낭비한 시간이 어느 정도 될 것이라는 계산을 하고 있는 내 본래의 모습이 조금 미웠다.

하지만, 멈출 수 없다.

그 누구에게도 먼저 다가가지 않는, 고개를 숙이지 않는 그런 자리를 만들기 위해 나는 수단과 방법을 가리지 않을 것이다.

그리고 모든 결정은 내가 한다.

-11.08.24.

이 교수와의 업무적인 방향이 어느 정도 자리 잡혀 간다. 이제는 서로 필요 없는 대화까지 제법 주고받는다.

그는 내가 판단했던 것 이상으로 영리했으며, 사무적인 방향으로는 어쩌면 나와 비슷한 사고를 지닌 듯했다. 그는 기본과 원칙을 중요시하면서 모든 일의 근본적 원인을 찾아 그것들을 정석으로 풀어나가기 시작했다. 사실상 기본을 항상 지켜가는 것이 실무적으로는 상당히 벅찬 부분이지만 그는 아랑곳하지 않으며 그것들을 전부 인지하며 능숙하게 일을 처리했다.

우리가 지금 작성하고 있는 논문은 퀀트에 관한 자료들이다. 나는 순수 경제학과 금융을 전공했지만, 내가 생각하는 데이터 알고리즘값을 기록해 자동화 기능의 펀드 알고리즘을 만드는 작업을 하고 있다. 내가 지닌 능력을 위해서라도 이 교수의 도움이 꼭 필요했다. 그리고 나는 그에게 뒤처지지 않기 위해 별도로 금융수학 이론을 독학으로 학습하고 있다. 언젠가 시간적 여유가 된다면, MIT에 진학하여 금융수학 관련 수업을 들을 준비도 하고 있다.

일기장에 이런 시시콜콜하고 따분한 이야기를 적기에는 나의 삶을 기록하는 종이의 여백이 아까워서라도 이제는 그만 쓰겠다.

아무튼, 그와의 일은 순조롭게 진행되어가고 있다. 다만 약간의 문제점이 계산되는 것은, 이 교수와 내가 서로의 이용가치가 떨어졌을 때 실무적인 이득을 어떤 방식으로 취득할지의 여부이다.

시간이 지나면 점차 뚜렷해질 것이다.

하지만 나는 틈을 보이지 않을 것이다. 인간이란, 틈을 보이면 바로 칼을 들이대는 그런 동물이다.

-11.09.02.

수면제를 복용했던 탓일까? 아침 10시가 되어서야 잠에서 벗어날 수 있었다. 대략 8시간을 수면에 들었는데. 이러한 시간이 조금 아깝다는 생각이 들었다. 모처럼의 숙면이라지만, 오늘처럼 평소보다 너무 많은 수면 시간을 지속하고 나면 신체 활동이 많이 불편해지곤 한다.

별다른 스케줄이 없던 하루였다. 마침, 평소 알고 지내던 주변인이 연극을 보러 가자고 제안했다.

사실 그녀를 만나거나 연극을 보러 가는 행위는 내키지 않았다. 하지만 대부분 사람들은 이러한 시간을 '휴일'이라고 생각하며 보내기 때문에 나도 한 번쯤은 시행하기로 마음먹은 것이다. 또 너무 자주 하는 거절은, 인간관계적 영향에서 좋지 않은 부분이라 한다. 정말 싫은 것들을 애써 싫어하지 않는 척해야 하는 이 사회가 비정상인 셈이다. 오히려 싫어하는 것을 소신 있게 말하는 사람이야말로 사회에서는 이상한 사람 취급한다. 정말 멍청하고 할 짓거리 없는 집단이 창조하는 사회적 결과물이다.

아무튼 사람이 북적거리는 대학로의 연극을 보면서, 그냥 불편한 의자 탓일 거라 여기며 애써 표정을 찡그리지 않았다.

일기를 쓰는 지금, 연극의 내용은 대부분 기억나지 않는다.

타인들의 행동처럼 휴식을 보내는 것이 나의 성향과는 어울리지 못하다는 것을, 또다시 깨닫게 되는 하루다

-11.09.04.

논문을 작성하는 과정에서 이 교수와의 작은 마찰이 생겼다. 나와 그는 상당히 비슷한 부분을 지니고 있었지만, 대립하는 부분도 많다는 것을 이제야 조금 알게 되었다.

전혀 내색하지는 않았지만, 이 사람은 지극히 현실주의자이며 동시에 이상주의자였다.

이러한 마찰이 생긴 원인은 이렇다.

그는 일적인 부분까지 자신의 이상주의적 성향을 삽입시키곤 했다. 쉽게 말하자면, 가능성은 아주 희박하나 오랜 시간과 비용을 투자하더라도 그것이 성공한다면, 아주 커다란 이득을 볼 수 있는 것들을 좋아한다. 나는 정반대다. 시간과 비용이 오래 걸리면 규모가 큰 단체에 그것을 의뢰하고, 내가 해야 할 일이 있다면 그곳에서 적당한 자리에 들어가면 된다. 그는 절차보다는 자신의 이득과 욕망이 우선인 그런 인간이었다. 의욕만 앞서는, 당장에라도 금연을 마음먹고 밖으로 나가 화가 난다는 이유로 다시 담배를 태우는 그런 한심하고 멍청한 부류들과 같은 종류다.

그를 보는 시각이 한순간에 변동되었음을 느꼈다. 나이만 제법 들어 지식은 갖추어도 그것을 제대로 활용할 줄 모르는 한심한 인간으로 보이기 시작했다.

하지만, 나는 화내거나 반박하지 않았다. 다만 나의 주장을 어느 정도 이야기했을 뿐, 그에게 교양 없는 사람으로 보이고 싶지 않았다. 또한, 화는 말로 내는 것이 아니라 행동으로 보여 주는 것이다. 그게 효과도 있고, 상대방에게 있어 위협적이다.

-11.09.05.

오후 6시 정각. K는 늘 정확했다. 약속 시간에 늦지 않았는지 내 앞에서 손목시계를 확인하더니 곧장 웃으며 나의 맞은편 자리에 앉았다.

취미로 쓰던 소설을 공모전에 제출하고 오는 길이라며, 혹시 시간에 늦을까 걱정했다고 이야기했다. 행여나 그가 조금 늦더라도 상관은 없었다. 우리는 항상 시간과 장소에 명확했을 뿐더러, 서로를 기다리는 시간 정도는 책을 읽거나 학술지를 보며 기다리면 문제가 없었다.

우리는 커피를 주문했고, 그는 자신의 원고를 보여주었다.

나는 그 내용을 전부 정독해서 읽었고, 약 2시간의 시간이 소요되었다. 소설의 구성이나 짜임새는 제법 잘 어울렸으며, 그의 장점인 독창적인 문체와 잘 어울려 좋은 느낌의 소설이 탄생하였다.

늘 중립을 지켜오며 냉정함을 잃지 않는 나의 평가를 들었던 그는 안도의 한숨을 쉬며 다행이라고 이야기했다.

우리는 커피숍에서 나와 다음날을 기약하며 각자의 길을 가기로 했다.

-11.09.10.

이른 아침 지율이라는 그 여자에게 연락이 왔다. 별다른 중요한 이야기가 없을 것이라는 사실을 인지하고 있었지만, 마침 책을 보던 중이라 벨소리가 거슬려 빠르게 전화를 받았다.

당연한 결과였다. 얼굴 한번 못 본 여자와 전화 음성으로 유쾌한 이야기를 하는 일 따위는 불가능할 것이다. 가볍게 대응을 해주고서야 전화를 끝낼 수 있었다.

K와의 약속 전까지 도스토옙스키의 〈가난한 사람들〉을 전부 읽었다. 그의 심층묘사에 한참 빠져 많은 책들을 접해 보았지만, 이 작품은 서로에게 전달하는 편지 형식이기에 상당히 특별하고 독창적인 기법이 담겨져 있었다. 그 당시 주인공들의 심리변화에 따라 편지 속 주인공의 문체에 일정한 변화를 주었는데, 이러한 요소가 나에게는 몰입을 도와주었다.

아무튼, K와의 약속 시간이 다가올수록 준비를 서둘렀다.

그동안 책을 읽고 생각했던 각종 자료들과 수집했던 자료들을 USB에 담았다. 또한, 〈크로이체르 소나타〉를 꺼내어 맨 앞장에 그에게 전달할 간단한 메시지를 적었다.

7시가 조금 넘어 밖으로 나왔을 때, 도시는 생각보다 많이 어두워져 있었다.

택시를 잡는 순간은 항상 긴장되기 마련이다. 세상 불만 많은 운전 기사들이 하필 내가 이용하는 시간에 맞춰 영업을 하고 있다면, 그것 또한 상당히 피곤한 일이다. 다만 오늘은 운이 좋은 날이다. 모범택시 한 대가 서서히 다가오는 모습을 보곤 빠르게 손을 흔들어 탑승했다. 무조건적인 것은 아니지만, 일반 택시에 비해 기사들이 섣부르게 말을 걸지 않는 편이기 때문이다.

정확하게 10분 전에 호텔 bar에 들어왔고, K는 약속 장소에 먼저와 앉아서 책을 읽고 있었다.

오늘은 K가 좋아하는 아드벡 텐을 주문했다. 그는 아드벡 고유의 피트 향을 참 좋아했다. 물론, 나도 싫어하지는 않았다.

약 두 시간 동안 위스키 한 병을 다 비우면서 우리는 소설 속 등장하는 주인공들의 뒷담화를 한다던가, 대부분 해석되지 않았던 부분들을 우리 나름대로의 방식으로 해석하며 웃어넘겼다.

그렇게 한참을 웃고 떠들다 보니 오늘 하루를 끝내야 할 시간이 찾아 왔음을 인지할 수 있었다. 그에게 준비했던 선물을 주고, 서로 다른 택시를 타고 각자의 길로 향했다.

집으로 돌아오는 길 곰곰이 생각했다. 아마도 나에게 휴일이란, 이런 것이 아닐까 하는 생각이 들곤 했다.

-11.09.11.

낯선 피곤함이 느껴진다.

3일을 모두 합쳐 두 시간 수면을 취했다. 학부 시절 이외에는 이런 일이 없을 것이라 생각했는데, 막상 이런 일이 발생하니 반갑기도 하고 한편으로는 귀찮기도 했다. 자의적이든 타의적이든 수면의 부재는, 곧장 현실의 다른 성과로 나타난다. 부정적으로 생각한다면 그 요소가 끝이 없지만, 내가 하고 있는 연구 그리고 내가 사용할 수 있는 데이터와 직접적으로 활용 가능한 지식들로 충분하게 생각한다.

이 교수의 해외 스케줄로 인하여 한 달 정도 휴무를 잡았다. 나도 다른 업무들을 잠시 정리하고 한 달 정도 휴무를 계획했다. 그동안 내가 하지 못했던 것을 경험하고 싶었기 때문이다.

또한 최근 준비 중인 GMAT시험과 개별적으로 준비하는 논문 덕분에 피로함이 가득하다.

오늘은 너무 피곤하다.

-11.09.22.

이른 아침부터 GMAT 관련 자료들을 열람했다. 타인들은 이 시험이 제법 어렵다고 하지만, 기본기와 원칙을 중요시 여기는 나에게 GMAT는 아주 어려운 시험이 아니었다.

오만함은 아니지만, 나는 사회 경력 기간의 문제가 조금 빈약할 뿐이지 나의 성적과 실력이라면 당장 와튼 스쿨의 MBA과정도 문제없이 들어갈 수 있다. 나는 더 이상 텍스트로 학습을 하는 단계가 아니었다. 그저 학위가 없을 뿐, 이미 전공분야의 능력은 연구 단계로 접어들었다. 다만 변동성 학문인 경제나 금융에는 많은 경우의 수와 그 데이터가 요구된다. 그렇기에 연구에 몰두하면서도 데이터 수집을 빼먹지 않고 있다. 뒤처지지 않기 위해서는 늘 새로운 정보를 인지해야 한다.

오늘은 책상 앞에 앉아 학업에만 집중했던 것 같다. 그러는 동안 휴대폰은 세 번 정도 울렸고, 전부 받지 않았다.

저녁이 되어서 외출했던 아버지와 어머니가 집으로 들어왔고, 아버지는 나에게 할 이야기가 있다며 거실로 나오라고 하셨다. 밖에는 아버지와 어머니가 함께 있었다.

나는 소파에 앉아 아무 말도 하지 않고, 오직 앞을 응시하며 두 눈의 초점을 살짝 풀었다. 조금이라도 집중하여 모든 이야기를 듣는다면, 좋은 결과가 나올 수 없다는 것쯤은 이제는 알고 있다. 살아오며 지금까지 충분히 그들을 겪었다.

곧 아버지의 이야기가 시작되었고, 나의 의견도 묻지 않은 상태로 본인의 계획에 맞춰 나를 설계하고 있었다.

10분 정도 이야기를 듣다 보니 역겨웠다. 그냥 그런 느낌을 받았다. 나를 기계 다루듯 다루는 아버지란 사람과 본인과 상관없는 일이라며 쇼핑

잡지나 보고 있는 어머니의 모습을 보니 정말 역겨워 토할 것 같았다. 사실대로 말하지만, 난 정말 이런 인간들에게 질려버렸다.

나는 아버지의 연설이 끝나기 전에, 몸이 안 좋은 관계로 다음에 이야기하자며 말을 끊었다.

방으로 들어와 닥치는 대로 아무 글이나 읽었다. CD, 로션, 비타민, 레코드, 향수 이런 것들에 새겨져 있는 글을 아무거나 보이는 순서대로 읽었다. 무엇이든 읽다 보면 마음이 조금 가라앉는다.

마음을 조금 진정시키려 노력한 후, 아무렇지 않게 본래의 자리로 돌아가기 위해 쓰던 논문에 집중했다. 애초에 거실에 나가지 않았던 것이라는 착각을 만들도록 나는 아무렇지 않게 책상 앞에서 그들과는 관계없는, 전혀 다른 것들과 마주 앉았다.

-11.09.23.

며칠을 집 밖에 나오지 않고 방에서 술만 마셨다. 재미있는 일은, 내가 방에서 아무리 술을 마셔도 그 행위를 알고 있는 사람은 오직 내 방을 정리해 주는 가정부 아주머니가 전부라는 것이었다.

본래 부모님들은 나를 믿는 것인지 관심이 없는 것인지 내가 무엇을 하던 크게 관여하지 않았다. 다만, 욕심과 결과에 대한 만족감이 전부인 사람들 같다고 느껴진다. 어쩌면 그들에게 나는, 잘 길들여진 카지노 사업장과 같은 존재가 될 수도 있다는 생각을 여러 번 했다.

오늘도 어김없이 책상 앞에 앉아 맥켈란 한 병을 다 비워버렸다. 그러던 도중에 동생이 내 방으로 들어왔다. 동생은 무슨 일이 있냐며 물었지만 나는 대답하지 않았다.

동생은 마음이 약하다. 본인의 삶에 나를 대입시키고 살게 하고 싶지는 않았다. 그냥, 걱정거리를 늘려주고 싶지 않았다는 게 맞는 표현이다. 본인의 시련이 아닌 것들에, 자신을 대입하고 살아가는 바보 같은 짓을 하는 부류들이 있다. 그 멍청한 짓은 자칫하면 타인의 고독에 같이 심취되거나 그 갈등으로 인해 자신의 가치관이나 생활에 혼란을 가져오는 경우가 종종 있다. 하지만 그게 가족이 되는 것은 누구도 원하지 않을 것이다.

슬픔을 나누라는 말이 있다. 단지 자신만의 특정적인 기분을 위해 남에게 짐을 주는 행위, 그리고 받는 행위. 이런 멍청하기 짝이 없는 행동은 하지 않는다.

나는 별일 아니라며 웃으며 넘겼다.

그렇게 한참을 술을 마시며 내 삶의 중심을 찾고 있었다.

-11.09.26.

점심식사를 하려고 거실에 나왔을 때, 지율에게 전화가 왔다. 이제 습관처럼 전화를 받게 되었다.

매번 명확한 용건이 없는 건 여전했다. 전화를 받을 때에는 술에 덜 깬 상태였다. 그리고 그녀는 부산으로 여행을 갈 예정이라고 했다. 헌데 재미있는 일은, 나에게 그곳에 함께 가자는 제안을 하는 것이다.

세상에는 수많은 미친 사람이 존재한다던데, 이 여자도 그런 부류인 것 같다. 나를 얼마나 우습게 생각했기에 그런 제안을 했는지 모르겠다. 아무튼, 굉장히 무례했다.

그리고 나는 판단했다. 그녀는 아무 남자랑 여행을 다니는 그런 보잘것없는 사람이라고 내 기억 속에 자리 잡혔다.

내 주위에 제대로 된 사람이라고는 K와 보스턴에 있는 Joon이 전부였다.

아무튼, 나는 있지도 않은 스케줄을 핑계로 거절하며 더 이상의 대화를 차단했다.

-11.09.28.

최근 내 삶을 뒤돌아보았을 때, 흠잡을 곳이라고 하나 없는 그런 삶을 지금까지 보냈다고 자신했다. 대다수가 원하는 좋은 학교를 우수한 성적으로 졸업했으며, 가정 형편도 수준급이기 때문이다. 또한 나는 도덕적으로 훌륭하고 철저한 가치관을 지니고 있다.

그래서였을까. 지난 시절을 되돌아보면, 나에게 다가오는 이들은 전부 가식을 갖고 나를 응대했다. 나에게 무언가 요구하는 눈빛으로 다가오나 실제로는 아닌 척, 순진한 척, 착한 척 온갖 가식들로 뒤덮여 살고 있는 그런 형편없는 인간들 말이다.

정작 본인은 보잘것없으면서 타인을 손가락질하고, 자신이 갖지 못했다는 핑계로 가진 자에게 이유 없는 시기와 질투를 하는 그런 쓰레기들. 그들이 더 가관인 것은, 누군가와 어울릴만한 소재들을 만들어 단체를 만들고, 자신도 그 안에 속한다는 이유로 월등하다고 자만한다. 그런 병신 머저리 같은 인간들도 아주 많이 있다. 나는 그래서인지 유학생 클럽에는 나가지도 않을뿐더러, 그와 비슷한 유명한 사교모임도 전부 거절했다. 항상 다수와 어울려 좋은 결과를 만들어 낸다는 허무한 이야기 따위에, 내 시간을 소모하고 싶지 않다. 그저 인간이란, 자신에게 주어진 것들을 활용하며 살아야 한다. 자신의 것보다 이상을 바라는 인간들을 굳이 비교하자면 몸을 파는 창녀와 다를 바 없다. 한번 시작하면 그들은 평생 시궁창 속에서 살아가야 한다.

하지만, 시간이 지나도 그러한 요소들은 변하지 않는다.

쓰레기는 그저 쓰레기통에 있으면 된다.

며칠 사이에 이러한 엿 같은 생각들이 가득하다.

가장 큰 문제점은, 이러한 쓸모없는 생각이 머릿속에 돌고 있는 원인을 인지하고 있지 못하다는 것이다. *-11.09.30.*

이른 아침부터 책상 앞에 웅크리고 앉아 논문에 필요한 자료들을 수집하고 있었다. 한참 몰두한 탓에 식사를 하는 것도, 가족들이 외출한 사실도 인지하지 못하고 있었다.

K에게 문자 메시지가 왔을 때, 저녁 8시가 넘어가고 있다는 것을 인지했다.

그는 새로운 습작에 도전 중이라고 이야기했다. 소설 속 주인공 캐릭터로 뉴욕에서 생활하는 20대 남성을 그리고 싶어 했는데, 자신은 뉴욕 생활을 잘 모른다며 나에게 간단한 인터뷰를 요청하는 것이었다.

나는 그의 요청을 기분 좋게 받아들였다. 다만, 대중들이 인지하고 있는 뉴욕 생활과 현실은 아주 다르다. 그가 이것들을 알았을 때 실망하지 않을까 하는 걱정이 앞서긴 한다.

하지만 그에게 진정으로 도움을 주고 싶기에, 나는 있는 그대로의 사실을 이야기할 것이다.

부엌에 나가 과일 통조림과 초코머핀을 먹으며 아침에 못 본 신문을 읽고 있었다.

그때, 지율에게 전화가 왔다.

항상 무언가를 읽을 때, 혹은 쉬고 있는 시간에 맞춰서 전화를 한다. 타이밍이 좋다는 말은 이러한 경우를 뜻하나 보다.

그녀는 오늘따라 공격적이었다. 그렇다고 나를 위협하거나 심한 언행을 하는 것은 아니다. 대신 내일 만났으면 한다는 말과 함께 아주 일방적으로 약속을 잡으며, 본인의 의사만을 이야기했다. 쉽게 당황하지 않는 내 자신도 명확하게 답변하지 못한 채 전화를 끊었다.

살다 보면 참으로 어처구니없는 사건들이 자주 발생한다. 나의 상식에서는 수용이 안 되는 이러한 일들이 예가 된다. 아무튼, 정신이 온전하지 않은 여자를 응대를 해주는 것이 이제 슬슬 지쳐간다. 나는 신경 쓰지 않기로 하며 신문을 마저 읽었다.

-11.10.02.

예약한 레스토랑에 K는 먼저 도착해 나를 기다리고 있었다. 내가 자리에 앉자, 그는 성급하게도 곧장 다이어리와 볼펜을 들고 나에게 질문하기 시작했다. 평소 K에게서 보이지 않던 열정이 느껴졌다. K는 늘 차분하고 냉정한 성격을 지녔다. 그랬기에 이런 모습이 낯설게도 보였으나, 한편으로는 반갑거나 다행이라는 생각도 스쳐 지나갔다.

나는 숨기지 않고 모든 것을 이야기해 줬다. 뭐, 간단하다. 이른 아침 모닝커피로 시작하는 여유로운 평일 아침의 뉴욕은 대부분 여행자들이 즐기는 모습이나 아침에 길을 걸으며 샐러드 먹는 사람들의 모습이나 볼 수 있다. 또 뉴욕의 비싼 물가 때문에 부유한 집의 자녀가 아닌 이상 대부분 학생들은 금전적인 문제를 항상 고민하고 있다. 서울처럼 도시가 혼잡해 길을 걷다 누군가와 부딪힐 뻔하는 경우도 드물다. 택시 운전사는 대부분이 유대계의 사람들이며 거리의 이름을 말해서는 길을 찾지 못한다는 이런 현실들을 전부 전달했다.

그리고 우리가 알고 있는 그곳의 좋은 점을 대부분 착각, 혹은 극소수의 삶으로 놓고 보면 간편하다고 이야기했다. 조금 더 세밀하게 대부분 아파트의 월세의 보증금 방식이나 평균적인 금액, 전기요금, 주차위반 벌금 딱지, 교통비, 웨이트리스에게 줘야 할 적당한 팁의 금액까지 전부 알려줬다.

그는 대담했다. 놀라지 않으며 그 모든 현실을 있는 그대로 담아냈다. 한참 이야기를 하다 보니, 그는 직장에서 주어지는 점심시간을 전부 활용하고도 한 시간을 더 지체하고 있다고 이야기했다. 나는 서둘러 그를 돌려보내면서 서로가 여유로운 날 다시 약속을 잡기로 했다.

그는 자리에서 일어나고, 나는 약속 장소에 도착하기 전 구입했던 책을 읽으며 시간을 보냈다.

이사카 코타로 작가의 〈중력 삐에로〉라는 책인데, 인물의 묘사나 감정을 잘 표현했다. 다만, 개인적으로 역겹다고 생각하는 부분들이 있었다. 내용의 문제가 아닌, 등장인물 중 굉장히 마음에 들지 않는 캐릭터가 있었기 때문이다. 어느 정도 천천히 읽다가 커피 한 잔을 추가로 주문하고 단숨에 속독을 끝내고 식사비용을 계산하려 했다.

종업원은 방금 모든 식사비용의 계산을 끝낸 상태여서 추가로 주문한 커피 값만 지불하라고 안내했다. 분명 나의 성격을 잘 아는 K가 계산서를 따로 가져오지 않게 하면서 식사비용을 지불한 것이 뻔했다.

4시가 조금 넘었을 때였다. 차 시동을 걸어놓은 채 음악을 틀어놓고 눈을 감고 있을 때 아버지에게 전화가 걸려왔다. 그 짧은 시간 동안 전화를 받을지 두 번 정도 고민했지만, 결국 받았다.

자신의 수업을 듣고 있는 여학생이 있는데, 영리하고 똑똑하며 매사에 적극적이라고. 또 집안도 제법 훌륭하다는 것이었다. 이때, 나는 아버지에게 말실수를 했다.

내 삶을 설계하는 행동은 오늘이 마지막일 것이라고 이야기했다.

물론 그는 화났을 것이다. 본래 가지고 놀던 장난감의 어느 부분이 제대로 작동하지 않으면 기분이 좋지 않다는 것은 나도 잘 알고 있기 때문이다.

최근 들어 나에게 발생하는 감정의 변화가 낯설게 느껴진다. 논리를 추구하는 나에게 이러한 분노, 모욕감, 갈등이란 존재할 수 없다. 다만, 정신질환의 한 부분이라 생각하며 넘기기로 했다.

집으로 도착해 방에 가만히 누워 천장을 바라보고 있을 때, 지율에게 연락이 왔다. 그렇다. 오늘은 그녀가 나에게 일방적으로 약속을 요구했던 날이다. 사실 이제야 기억이 났지만, 그녀는 영화를 보러 가자고 했었다. 물론, 넘겨들은 나의 입장을 해명해야 했다. 나는 당신이 일방적으로 잡았던 약속이고, 때문에 서로가 충분히 동의하지 않았기에 오늘 스케줄은 꼭 지켜야 할 이유가 없었다고 설명했다. 덧붙여, 나는 본인 의사를 밝히지 않았다고 말했다. 그러니 당신이 나를 기다릴 이유도 없으며, 나도 당신과 만날 이유가 없는 것이라고 말했다.

그녀는 평소의 말투와 다르게 유난히 투덜거리며, 오늘 아침부터 일찍 화장을 하고 자신을 꾸민 이야기를 했다.

멍청해 보였다.

그깟 얼굴에 뭣 좀 칠한다고 달라지는 건 없다.

그녀가 나를 멍청한 속물로 보는 것은 아닐까 고민하면서, 미안한 마음이 조금 들기도 했다.

하지만 신경 쓰지 않기로 했다. 오늘은 유난히도 내 기분이 엿 같은 하루였다.

-11.10.03.

며칠 전 사건으로 인해 아버지에게 듣기 싫은 소리를 제법 귀에 담았다. 그럴 때마다, 나는 방으로 들어와 시계 설명서나 AS 설명서 같은 불필요한 것들을 읽어야 하는 사건들이 자주 발생했다.

아버지는 가정 밖에서 항상 인품이 넘쳐나고 교양 있게 행동하지만, 정작 본인은 그러한 삶을 살고 있지 않다는 것을 나는 알고 있었다. 너무 나쁘게 생각하지 않으려 했다. 어쩌면 그도 사회가 만들어낸 불쌍한 인간에 속한다. 굳이 그를 포옹할 필요는 없지만, 증오할 필요도 없다. 그에게 잔소리를 들을 때마다 나는 그에게서 더욱 멀어졌고, 술을 마시는 횟수도 점차 늘어나고 있었다.

최근 지율에게 자주 연락이 왔다. 그녀는 나에게 많은 질문들을 했다. 무엇을 좋아하며 어떠한 삶을 살고 있는지 대충 이런 것들. 하지만, 나는 전부 이야기하지 않았다. 깊은 대화도 거절했다. 다만, 그녀와 이러한 이야기를 하고 있는 내 자신을 상당히 비웃으면서도 시간을 지속하고 있는 내 모습이 한심했다.

진열장에 내가 마실만한 술들이 없다는 것을 확인하고는 카드 한 장과 자동차 열쇠만 들고 밖으로 나갔다. 서대문에서 역삼동 주류백화점까지 운전할 것을 생각하니 반갑지는 않았지만 어쩔 수 없었다. 기분 탓인지 강변북로를 택하지 않고 종로, 장충동, 압구정, 역삼동 이러한 순서로 진입했다. 길거리의 사람들을 구경하고 싶었다.

종로를 지날 때는 이른 저녁 시간임에도 불구하고 술에 취해 휘청거리는 여자와 상대방을 어떻게 한번 해보려는 음흉한 모습으로 기웃거리는 몇 명의 남자들이 보였다. 인간쓰레기들….

겉모습의 차이겠지만 압구정 로데오 거리를 지날 때는 분위기가 조금

달랐다. 상점 간판은 전부 영어로 되어있었으며, 개성이 넘치던 점포들은 문을 닫는 바람에 그 자리를 그대로 대기업의 프랜차이즈 상점들이 대신하고 있었다. 아주 사소한 개인적인 소망이지만, 이들이 삼청동과 같은 거리에는 제발 들어오지 않았으면 하는 바람이 스쳤다.

사람들 대부분은 유명 브랜드의 옷을 입고 있었다. 마치 돌체앤가바나와 디올의 의류가 교복인 것처럼 느껴졌고, 샤넬이나 루이뷔통의 가방은 스쿨 백처럼 보였다. 나는 순간 그들의 모습이 수용소의 죄수들처럼 느껴졌다. 문화의 식민지라는 표현이 이들이 살고 있는 동네와 개개인의 모습을 충분히 풍자하고 있었다.

주류백화점에 들어가 내가 좋아할 만한 술들을 전부 담았다. 위스키 스무 병 정도를 계산대 위에 올려놓았는데, 이곳의 오너는 실실 웃으며 현금으로 결제를 하면 할인을 해주겠다고 말하는 것이다. 한숨이 절로 나왔다. 나는 아무 말 없이 계산을 하지 않고 그곳을 나왔다. 뒤에서 나를 모욕하는 소리가 얼핏 들린 것 같았지만, 신경 쓰지 않았다. 교양 없는 것들과 말을 섞는 것 자체가 귀찮은 사건들을 만들어 낸다. 그러한 경우는 최대한 만들지 않는 것이 내 원칙이다.

근처 다른 가게를 찾아 술을 구입했다. 그곳은 현금 이야기를 꺼내지 않았다. 또 물건을 구입하는 동안 쓸모없는 이야기 따위도 없었기에 조금 더 마음에 들었다.

집으로 돌아오는 길은 올림픽대로를 선택했다. 종로에서 또다시 그런 쓰레기들의 행동을 관람하고 싶지 않아서다. 한 번은 재미로 봤지만, 돌아가는 길에 그러한 인간쓰레기들을 또 보면 며칠 동안 밥을 제대로 먹지 못할 것 같다.

트렁크에 가득 담긴 술을 집으로 옮겨놓고서야 오늘 하루가 끝났다고 생각했다.

기분이 썩 좋지 않았던 오늘, 주류백화점에서 패트론을 찾은 것은 행운이다. 데킬라를 좋아하지는 않지만, 이 녀석만큼은 상당히 먹을 만하다. 특히 기분이 별로인 이런 날에는 효과가 더욱 좋다.

일기를 쓰면서 정신이 살짝 흐려지는 것이 느껴진다. 음악을 틀어놓고 술이나 더 마셔야겠다.

-11.10.09.

어제는 커다란 사건이 생겼다. 최근 들어 알코올 과다섭취로 인하여 나의 정신에 착오가 생긴 것은 아닐까 의심된다.

함께 연구하는 인원들과 술자리가 있었다. 품위를 유지하기 위하여 서로의 적당한 눈치를 살피며 자리를 유지하는 그런 가식덩어리들로 가득 찬 공간이지만, 나는 이러한 문화에 점차 익숙해져 가고 있었다. 나름대로는 이러한 내 모습이 어른이 되는 과정이라는 자기 위안도 하면서, 그들의 그늘 아래 있기보다는 이러한 상황을 컨트롤하기를 바랐던 것 같다.

우리는 술을 마시는 동안에도 업무 이야기를 하였다. 각종 증권의 이슈거리들, 혹은 정치 이야기를 꾸밈없는 사실대로만 다루었다. 그것이 이곳에 있는 사람들의 유일한 장점이다. 언론을 그대로 믿지 않는 것. 그러한 장점은 이곳에 나를 조금 더 머물 수 있게 만든 요소 중 한 가지 이유였다.

아무튼, 이런저런 이야기를 하다 보니 늦은 시간까지 술을 제법 마셨다.

최근 들어 발생한 아버지와의 마찰, 삶에 느껴지는 공허한 감정, 정신건강 문제, 이런 것들이 합쳐져 혼란스러운 상태였기에 평소보다 더 많은 술을 마셨다.

처음에는 판단력이 제법 흐려지더니, 갑작스럽게 무기력함이 강해졌다. 집으로 돌아가기 위하여 택시를 잡았던 것까지는 기억난다. 그리고 중간에 아파트 현관에서 사설 경비원이 문을 열어준 것도, 직접 현관문을 열었던 것도 기억난다.

사건은 이렇게 시작되었다.

나는 술에 취한 상태로 곧장 침대에 누워 지율에게 전화를 걸었다. 아침이 와서야 통화 목록을 확인해 보았는데, 새벽 3시 30분이었다. 무슨 정신이었는지 몰라도, 잠들기가 힘들다며 그녀에게 클레멘타인을 불러달라고 부탁했다. 지금 생각하면 정말 몸이 떨릴 정도 끔찍한 실수다. 그녀는 노래를 부르는 중간에 가사를 잘 몰라 우물거렸고, 나는 그녀가 모르는 부분을 알려주었다. 얼마나 들었을까…. 그렇게 나는 잠들었다.

아침에 잠에서 일어났을 때, 어제 일들이 생생하게 기억났다. 양손으로 머리를 쥐어뜯고 싶었다.

후회, 창피함, 경솔한 행동. 이 모든 것들이 머리를 스치자 나는 알 수 없는 괴리감에 빠져들었다.

아침부터 하루 종일 방구석에 처박혀 앉아 그녀의 전화를 기다렸다. 사과하고 싶었지만 내가 먼저 전화하고 싶지는 않았다.

하지만 오늘은 그녀에게 전화가 오지 않았다.

-11.10.19.

나는 방황하는 것이 아니다. 잠시 쉬는 것이다. 이렇게 혼란스러운 일들이 발생할 때는 간단히 여긴다. 그냥, 요즘 같은 이러한 상황은 내가 겪고 있는 정신질환에서 발생하는 문제라고 생각하는 것이 속 편하다.

K와 20분 정도 통화를 했다. 요즘 나의 생활 패턴이 많이 흐려진 것 같다며, 어떤 좋지 않은 사건이 발생한 것은 아닌지 걱정하는 대화였다. 그는 정말 눈치가 빠른 것 같다.

그동안 미루었던 논문을 준비하던 과정에서 지율에게 전화가 걸려 왔다. 나는 며칠 전 일을 그녀에게 사과했지만, 그녀는 그럴 필요가 없다고 대답했다.

오늘은 그녀와 제법 길게 통화를 했다. 전화기가 뜨거워졌음에도 불구하고 나는 전화를 끊지 않았다. 어느 정도 개인적인 이야기도 주고받았다. 물론 나는 대부분 말하지 않았고, 믿지 않았다. 하지만 그녀는 나쁜 사람이거나, 사회의 속물 같지는 않다고 생각이 들었다.

그녀는 상당히 적극적으로 자신과의 만남을 권유하고 있었다. 하지만 만나지 않을 것이다. 새로운 인연은 나에게 불필요하다며 거절했다.

누군가와의 새로운 만남. 기껏해야 새로 구입한 노트에 글을 쓰는 것 정도밖에 안 된다.

어차피 잊히고 버려질, 구입해 놓고 잊어버린 침대 밑의 노트처럼.

-11.10.22.

이 교수가 한국으로 도착했다는 연락을 받았다.

우리는 진행하던 연구를 다시 시작하기 위하여 장시간 통화했다. 대화 도중에 뉴욕의 거리를 자기 자랑이듯 말하는 것이 조금 거슬리고 지루했으나, 이 교수도 나의 성격을 어느 정도 인지하니 업무적인 부분만을 이야기하기 시작했다.

당장 내일부터 빠르게 진행하자는 그의 말이 조금 반갑게 들렸다.

바로 준비해야겠다.

-11.10.24.

한 달 정도의 공백 기간이 사라지도록 많은 준비를 하고 있었다. 논문 준비 그리고 GMAT는 꾸준하게 지속하면서, 별도의 학술지는 정기적으로 열람하며 지식을 쌓았다.

이제야 이 교수와의 사무적인 관계가 어느 정도 자리 잡혔다고 확신한다. 서로의 가치관에 대하여 알게 되었고, 일하는 방식은 말할 것도 없이 닮아 가고 있었다. 그의 이상적인 부분은 내가 논리적으로 억제시켜 주고 있었다. 중간에 종종 다툼이 발생했지만, 내가 연구의 전체적인 흐름을 손에 쥐니 그가 목소리를 크게 내는 것은 쉽지 않았다.

최근 대부분은 이 교수의 오피스텔에서 늦은 시간까지 하루를 보내며 지냈다.

다만, 바쁜 하루를 살아도 마음이 텅 비어있는 감정은 항상 나를 쫓아다녔다. 하루의 일과가 끝날 때마다 술을 제법 마시고, 취한 상태로 집으로 들어가곤 했다.

그런데 조금 곤란한 습관이 생겼다. 술을 제법 많이 마셔 판단력의 저하가 찾아올 때, 나는 항상 지율에게 전화했다. 그리고 그녀가 불러주는 클레멘타인을 들으며 잠들곤 했다.

-11.11.08.

오늘은 의미 있는 날이다.

학회에 발표했던 논문들이 주목받기 시작했다. 개인적으로 장기간 동안 작성했던 것들인데, 동료들에게 축하 메일을 받고서야 알았다. 나는 가장 먼저 K에게 이 사실을 알렸다. 하루 한 시간 정도씩 꾸준히 장기간에 걸쳐 자료를 수집했던 것들로 작성했던 논문이다. 독단적으로 진행하였기에 커다란 기대는 하지 않았을 뿐더러, 실무적으로 디테일은 조금 부족했으나 학자들의 참고 자료로 사용하기에는 아주 좋은 내용을 담아두었다.

소문은 빠르게 퍼졌다. 오전 시간이 조금 지날 때쯤, 사무적으로 알고 지내던 사람들도 나에게 전화하여 축하 인사를 건넸다. 하지만 나는 그들에게는 당연한 결과라고 말하며 길게 응대하지는 않았다.

이 교수에게도 이 사실을 알리며 오늘 하루는 집에 있겠다고 이야기했다.

침대 위에 누워 내가 작성했던 논문을 다섯 번 정도를 더 읽었다. 같은 내용이지만 전체적인 테마의 초점을 잘 잡은 것 같다. 어떠한 중심적인 것들이라도, 접근 방식이나 구성에 따라서 같은 내용이라도 다르게 비추어지는 것들이 많다. 이러한 다양한 시각들은 배움이나 경험에서 생기는 것은 아니다. 시야가 넓다거나, 여유 있는 사고가 이러한 것들을 길러주곤 한다. 가끔 낚시를 다니거나, 책을 읽거나, 어느 시골에 혼자 돌아다니는 일은, 단순히 몸을 쉬기 위한 과정이 아니라 이러한 전체적인 사고의 유연성을 기르기 위하여 지속하고 있었다.

마침 지율에게 연락이 왔다. 자랑하고 싶었으나 그러지 않기로 했다. 그녀는 나의 업무를 잘 몰랐고, 그것을 하나씩 설명하기도 귀찮았을 뿐더러 꼭 이런 이야기를 하지 않아도 될 것 같다는 생각이 들곤 했다.

대신 그녀와 다른 이야기를 하였다. 좋아하는 책이나 취미 생활 같은 것들을 서로 말했다.

아무튼, 통화가 끝나고 침대 위에 누워 혼자만의 생각을 갖도록 했다.

별다른 생각은 들지 않았다. 약간 기분 좋은 상태로 멍하니 천장을 바라보았다. 그렇게 시간이 흘렀고, 일기를 쓴 후에, 가벼운 술 한 잔과 하루를 마감해야겠다고 생각했다.

-11.11.12.

아무리 시간이 흘러도 이해가 불가능한 부분이 있다는 현실이 너무 싫다.

지율과의 연락은 점차 잦아지고 있으며, 서로에 관한 이야기도 서슴없이 하고 있다. 또한 요즘에는 수면제 대신 그녀가 불러주는 클레멘타인을 들으며 잠들고 있는 이러한 현실이 이해가 되지 않는다.

내 삶을 뒤돌아보아도, 이런 행위는 말도 안 된다. 과학적이지 못한, 논리적으로 뒷받침되지 않는 현실들이 존재한다는 사실을 이해하기 어렵다.

나는 매사에 논리적이며, 비관적이기 때문이다.

그렇게 모든 것을 바라보아야 어떠한 사건 혹은 행위에 대하여 중용을 찾기 쉽다. 그냥, 쉽게 말해 최악의 상황을 미리 만들어놓고 생각하는 것과 같다.

결국, 나는 시험해 보기로 결정했다.

다가오는 2012년 3월의 첫째 주 토요일. 우리는 한남동에 위치한 리움 미술관에서 만나기로 했다. 대기업이 만들어낸 인위적인 예술 공간이다. 의미 없는 항아리들이 비싼 값으로 변하기도 하는 곳. 영혼 없는 작품들에게 새로운 의미가 부여되는 곳. 또한 거짓된 것들로 가득한 이곳에서의 첫 만남이라…. 제법 잘 어울린다.

시간은 정하지 않았으며, 우리는 서로의 얼굴도 전혀 모른다. 그냥, 운명이란 것이 존재하는지 시험해 보고 싶었다

또한, 그녀를 시험해 보고 싶었다.

그녀도 다른 사람들처럼, 이러다 말겠지….

-11.11.21.

이른 아침 K와 명동에 위치한 커피숍에서 만났다. 오늘따라 그는 더욱 지적이고 깔끔해 보이는 이미지를 풍겼다.

나의 안색이 좋지 않아 보인다며, 최근 나의 생활 패턴을 질문했다. 나는 전보다 어느 정도 좋아졌으며, 아무런 문제 없이 나의 일에 전념하고 있다고 대답했다. 그 후로는, 지난번 인터뷰를 하면서 습작하고 있는 K의 원고에 대해, 그리고 선물했던 책 〈크로이체르 소나타〉에 대하여 대화를 나누었다.

매번 그의 시각은 예상 밖이었다. 내가 느끼지 못했던 방향으로 작품을 접하고 있었다. 나는 그의 이러한 부분이 늘 부럽게 느껴졌다.

우리는 이야기를 제법 오랫동안 나눈 뒤, 근처 레스토랑으로 이동하여 간단한 점식 식사를 했다. 그리고 그곳에서 멀지 않은 곳에 위치한 실탄 사격장을 찾았다.

우리가 방문한 사격장은 K와 자주 이용했던 곳이다. 사격을 하는 도중에 K는 나를 바라보며 알 수 없는 미소를 지었다. 그러고는 나에게 내기를 제안했고, 나는 바로 수긍했다. 그와의 대결은 항상 재미있고 긴장감 흐른다. 하지만, 나는 패배했다. 물론 그와의 경기는 승패의 유무를 떠나 기분이 나쁘지 않다.

우리는 사격장에서 기념 촬영을 끝내고, 밖으로 나와 각자의 차에 시동을 걸어놓고는 근처 자판기 앞에서 커피를 뽑아 마시며 간단히 대화를 나누었다. 그러고는 곧장, K에게 먼저 들어가라고 말했다.

그는 내 앞에서 잠시 차를 세우고 창문을 열었다. 그리고 나에게 조금 전 사격장에서 했던 내기에 대한 벌칙을 이야기했다.

〈삶에서 한 번 정도는, 자신의 감정에 충실해 보는 것도 나쁘지 않을 거야. 네 본래 자체의 감정 말이야.〉라고 K가 이야기했다.

나는 멍하니 사라져가는 그의 차량을 바라보았고, 곧장 집으로 돌아왔다. 물론, 집으로 향하던 시간은 운전에 집중하기 어려워 매번 고개를 흔들곤 했다.

집에 도착해 방 안을 둘러보았다. 전시해 둔 수많은 폴라로이드 사진, 취미로 수집한 LP판, 언제든 다시 볼 수 있게 잘 정리해 둔 책과 일기장, 수많은 학술지와 논문. 이러한 것들이 내 방 전부를 뒤덮고 있었다.

이 중에는 나의 이상이 담겨져 있고, 지독한 현실도 존재하고 있다. 하지만, 나는 현실을 바라보아야 한다. 내가 살고 있는 이곳은 현실의 공간이기 때문이다.

-11.11.27.

이 교수의 개인적인 사정으로 인해 이른 시간에 집으로 귀가했다. 그는 가끔 알 수 없는 행동을 하곤 하지만, 이제는 제법 적응이 되어있었다.

집으로 돌아와 식탁에 앉아 과일통조림을 먹었다. 곧장 아버지가 집으로 돌아왔고, 곧장 방으로 들어갔다.

그가 나에게 말을 걸지 않았기 때문에 별다른 대응을 하지는 않았다. 다만, 통조림을 먹으면서 읽던 신문을 어디까지 읽었는지 위치를 깜빡 잊는 사건이 발생했다.

그가 방에 들어간 지 얼마 지나지 않아 밖으로 나왔다. 시간이 얼마 흐르지 않았다는 사실은 내가 읽고 있던 신문의 위치를 통해 알 수 있었다.

그는 조니워커 블루라벨 한 병과 작은 위스키 잔 두 개를 가져오며 내 앞에 앉았다. 덕분에 내 개인적인 시간을 빼앗겼고, 지금까지 신문을 읽었던 시간을 낭비하는 꼴이 되어버렸다.

그는 술잔을 건네며, 나에게 잔을 채워주고는 곧장 술을 마셨다.

두 잔 정도 마셨을 때 그가 입을 열었다.

최근 GMAT의 준비, 연구 중인 논문의 진행 과정, 기타 쓸모없는 이야기를 나에게 묻곤 했다.

물론 그는 나의 결과에 항상 웃곤 한다. 내가 항상 그가 기대하는 것 이상의 결과를 가져다주기 때문이다.

아무튼, 그가 내게 말했다. 지금 한국에서 준비하고 있는 논문은 미국으로 들어가 마감하고, 증권사에서의 경력을 조금 더 쌓으라고 말이다.

사실 그의 말이 틀리지 않았다. MBA과정의 경우, 사회생활의 경력과 추천서의 비중이 크게 자리 잡고 있다. 나는 부족한 사회 경력을 훌륭한 논문으로 채우려고 하고 있었다.

나는 그에게 반박하지 않았다. 그의 말은 타당한 근거가 논리적으로 충분히 뒷받침하고 있기 때문이다.

이렇게 간단한 대화를 나누면서, 술을 몇 잔이나 더 마셨다. 아마도, 나와 그 사이에 존재한 대화의 독백을 술이 대신해주는 것 같았다.

대충 이야기를 마무리 짓고, 방으로 들어와 레코드를 틀었다.

침대에 누워 멍하니 천장을 바라보다가 일기장을 꺼내어 이렇게 하루를 마감하고 있다.

-11.11.30.

T. S. 엘리엇의 황무지.

'4월은 잔인한 달'이라 표현했다.

아마도, 죽음의 땅에서 새로운 삶이 피어나는 것 때문에 그렇게 표현했는지, 공감이 쉽게 간다.

나는 아이가 태어나서 우는 이유가, 그 작은 두 눈으로, 이 엿 같은 세상을 담는 게 너무 힘이 들고 아파서 우는 것이라고 생각한다. 그냥 가끔 하는 몽상 같은 이야기다.

작년까지 근무하던 증권회사에 다시 들어가기로 이야기가 끝났다. 즉, 나는 3월의 뉴욕행을 확정한 셈이 된다.

마음 한구석에 지율과의 약속이 걸리긴 했지만, 신경 쓰지 않기로 마음먹었다. 인간이라는 것 자체가, 감정이든 약속이든 시간 지나면 다 잊고 사라지는 그런 사고방식을 지닌 존재다.

그리고 그녀에게 〈미안합니다. 우리의 3월은 오지 않아요.〉라는 휴대폰 문자 메시지를 전송했다.

이렇게 끝날 수 있을 것 같았다.

그녀는 나에게 〈나쁜 사람.〉 그리고 〈잘 지내지 마요.〉라고 답변했다.

상처 주고 싶지는 않았다.

사람은 깊어진 만큼 상처를 받는다. 나는 애초에 그러한 요소들을 차단하고 있는 것이다.

술이 제법 취한 관계로 그만 써야겠다.

-11.12.02.

마음이 편하지 않다는 것을 느끼는 요즘이다.

이 교수와의 작업 시간을 조금 연장하며 지내고 있었다. 다만, 그 시간이 끝나고 나는 항상 근처 bar에 혼자가 술을 마시는 행위를 지속했다.

오늘은 집에서 가까운 이름 모르는 bar에 왔다. 상당히 모던한 분위기가 마음에 들긴 하지만, 내가 좋아하는 술이 없을뿐더러 화장을 두껍게 칠하고 핸드폰이나 만지고 있는 바텐더라고 불리는 술집 종업원이 거슬리긴 했다.

예전에 읽었던 '움베르토 에코'의 〈세상의 바보들에게 웃으면서 화내는 방법〉이라는 책을 저 무식하게 보이는 여자에게 보여주고 싶었지만 그러지 않기로 했다. 동네 작은 bar의 종업원 교육이 정확하고 올바르게 진행되고 있을 리가 없다고 생각했다.

조금 짜증 나는 일은, 난 분명 탱커레이디 토닉이 먹고 싶었는데 이 싸구려 bar에서는 탱커레이디를 바틀째 구입해야 했다. 거기다 토닉워터를 별도로 구매하여 바텐더에게 제조를 주문하거나 직접 만들어 먹어야 하는 불편한 점이 있다.

나는 이곳에 바텐더가 왜 있어야 하는지 의문점이 생겼다. 차라리 금문교에서 통행권을 발매해 주는 넉살 좋은 40대 여성들이 장사를 더 잘할 것 같다고 생각했다.

아무튼, 이곳에서 일기를 쓰는 일은 멈춰야겠다. 저기서 핸드폰이나 만지고 있는 무식한 종업원들이 서빙을 하다가 우연하게도 내 일기장을 조금이라도 보게 된다면, 서로 얼굴을 붉혀야 하는 불필요한 상황이 벌어질지도 모르기 때문이다.

-11.12.09.

점심시간이 조금 넘어 지율에게 연락이 왔다. 휴대폰 메시지로 동영상을 첨부해 보낸 것이다. 4살 정도로 보이는 아이 둘이서 태권도 대련을 하는 동영상이었는데, 나도 모르게 피식 웃어넘겼다.

그녀는 나에게 웃으라고 이야기했다.

평소에 쳐다보지도 않던 이모티콘을 사용하여 웃는 표정을 보냈다. 전송할까 열 번 이상을 망설였다.

아무튼, 저녁 시간이 되어서야 이 교수와 연구 결과 브리핑으로 인하여 세미나장으로 이동했다.

나는 늘 그랬듯, 그곳에서도 망설임 따위는 존재하지 않은 채 완벽하게 모든 자료들을 준비했다. 또 철저하게 답변이나 변수에 대하여 예측하고 있었다.

결과는 늘 그렇듯 성공적으로 끝났다. 이번에는 아무도 반박하지 못했다. 완벽에 가까워질수록 아무도 다가올 수 없다는 것을 점차 느끼고 있다. 텍스트의 보완이야 언제든 가능하다지만, 그 지식을 즉각 사용할 줄 아는 사람만이 빠른 대처 능력과 실무적인 응용이 언제든 가능하다는 것을 이 바보들은 모르고 있다. 평생 연구실에나 틀어박혀 ph.d라는 학위 하나만을 명예로 품고 살아갈 이들을 보면 한심하기 짝이 없을 뿐이다. 그리고 나는 머지않아 이런 멍청이들을 고용하고, 내가 원하는 방식으로 그들을 다루게 될 것이다.

세미나가 끝나고, 참석인원들과 술자리가 생겨 그곳으로 이동했다.

최근 술을 제법 많이 마셨던 탓인지 주량도 어느 정도 늘어나 있음을 실감할 수 있었다.

집으로 돌아오는 길, 택시 안에서는 운전기사가 떠드는 소리 대신 공허함이 나를 삼키려 하고 있었다.

집으로 들어와 곰곰이 생각했다.

내가 무엇을 생각하고 있는지는 잘 모르겠다. 다만, 내가 지금 하고 있는 이러한 일들이 나에게 정말 올바른지 그 여부를 단정 짓기 어렵다는 것이 나의 기분을 엿 같게 만든다.

어린 시절부터 따르던 니코마코스 윤리학적 사상이라든가, 괴테의 가르침에는 왜 이렇게 중요한 요소가 없는지 의문이다.

술을 제법 마셨지만, 숙면을 취하고 싶은 마음에 수면제를 복용했다.

일기를 쓰다 보니 약기운이 슬슬 밀려온다.

-11.12.12.

오늘 하루는 별다른 스케줄이 생기지 않았다. 이 교수는 학회 참석으로 지방에 내려갔다고 했다. 침대에 누워 〈카라마조프가의 형제들〉을 눈으로 훑어 넘겼다. 이 책에는 내가 가장 따르고 싶어 하는 '이반 카라마조프'라는 등장인물이 있다. 그는 매우 영리하며, 냉정하고, 무신론자이며, 최고의 이성주의자에 속한다. 알고 있는 것들을 정확하게 잘 활용하여, 사람들을 움직이는 방법도 잘 알고 있으며, 타인을 욕보이지 않게끔 하되, 그 사람을 겨냥하여 풍자하는 방식도 자주 사용하며, 그 모든 것들을 단번에 실행할 수 있는 대담한 등장인물이다.

이 책을 읽은 몇 사람들은 이반의 파괴심리를 경멸하곤 하지만, 나는 이러한 요소를 인간의 본질이라고 생각한다. 본래 판단력을 상실한 인간은 누구나 폭군이 되기 마련이다.

저녁 시간이 되어서야 술 생각이 났다. 집에서 입고 있던 옷에 두꺼운 외투 하나를 더 걸치고, 며칠 전 텅커레이디를 남겨두었던 bar로 향했다.

역시나, 그곳에는 멍청한 종업원들이 아주 진한 화장을 칠한 채 휴대폰을 만지고 있었다. 그들은 거짓 눈웃음을 지으며 인사를 했지만, 나는 가볍게 응대를 해주고 구석 테이블로 자리를 잡았다.

K에게 전화를 할까 몇 번을 망설였다. 하지만, 딱히 용건은 없었다.

무슨 생각을 했는지 모르겠지만, 한 시간도 지나지 않아 절반 정도 남아있던 텅커레이디를 토닉워터와 섞어 전부 마셨다. 전부 마신 뒤에도, 술기운은 전혀 없었다.

요즘 나의 신체에 일어나고 있는 이러한 상황을 애써 분석하자면, 내 신체의 일부들이 알코올 성분에 점차 적응하고 있는 것 같다. 뭐, 딱히 상관은 없다. 건강상의 문제라면 나보다 나의 주치의가 더 많은 신경을 써야 할 일이기 때문이다.

추가로 주문했던 바카디 한 잔이 내 앞으로 전달되었고, 나는 그것을 토닉워터와 섞어 마셨다. 두 잔을 더 마셨을 때, 지율에게 전화가 왔다.

반가운 마음이 들었지만, 내색하지 않았다. 조금 더 냉정하고 통명하게 그녀를 대했다.

그녀는 나를 위해 직접 뜨개질해 목도리를 만들었다고 했다. 하지만 나는 받지 않겠다고 했다. 추억은 짐이 될 뿐이라며 거절하려 했지만, 그녀는 그런 나의 속마음을 미리 알고 있었다.

최근 들어 설명할 수 없는 이상한 증상이 있다면, 그녀의 전화를 나도 모르게 기다리게 된다든지, 나의 삶에 도움이 될 수 없는 이야기를 그녀와 나누고 있다는 것이다.

하지만, 나는 모두와 단절해야 한다.

나는 곧 떠날 사람이다. 그리고 추억은 짐이다.

최고가 되기 위해 나는 이 세상에 존재한다.

지금 일기를 쓰고 있는 이 책상 위에서도 나는 다음 날의 스케줄에 대한 생각만을 하려고 애쓰고 있다.

-11.12.13.

이틀 사이, 내 삶은 급격히 변했다.

K와 만나 술을 제법 마셨던 하루다. 최근 들어 자주 이용하던 동네 bar에서 우리는 위스키를 두 병이나 비웠다. 너무 들떠 있던 나머지, 중간에 무슨 이야기를 했는지 전부 기억하지는 못한다. 다만, 그가 나에게 지난번 사격장에서 충고했던 '나 자신의 삶'에 대한 이야기를 조금 했었다.

아무튼 그렇게 술을 마시고, 각자의 집으로 향했다.

방으로 들어와 진열장에 있던 데킬라를 꺼내어 두 잔 정도 마셨다.

술을 마시면서 〈카라마조프가의 형제들〉을 펼친 뒤 책장을 빠르게 넘기며 훑려 보았다. 파란색 형광펜으로 길게 표시해 둔 부분이 보였다. 〈왜냐하면, 판단력이란 바보가 아닌 인간에게는 언제든지 때가 되면 찾아 들지만, 젊은이의 가슴속에 지금이 아니면, 또 언제 이 특별한 감정이 찾아 들겠는가.〉 나는 늦은 시간임에도 아랑곳하지 않고 지율에게 전화를 걸었다. 예의 없는 나의 행동임에도 그녀는 기분 나쁘게 반응하지 않았다.

좋은 말을 해 주고 싶었다. 우리가 흔히 말하는 칭찬 따위와 비슷한 말들.

하지만, 대화라는 것은 마음처럼 쉽지 않다.

평정심을 유지하지 못하고 그녀에게 화를 냈다. 내 삶에서 알짱거리지 말라는 그런 식으로 그녀를 몰아내려 애썼다. 하지만 그녀는 나를 전부 포옹했다. 오히려 나를 다독였다.

결국 나는 그녀에게 우리 집 앞으로 당장 오라는 말을 했다. 정말 우리가 직면하고 있는 이 엿 같은 삶의 현실 속에, 운명이라는 것이 존재한다면, 그것이 실제로 일어날 수 있는 일이라면, 정말 그렇다면, 나의 시간이 아깝지는 않을 거라는 생각을 했고, 그것들을 시험해 보고 직접적으로 느껴보고 싶었다.

그녀는 통화가 끝나기 무섭게 택시를 타고 오고 있다는 연락을 남겼다.

집 앞 편의점 작은 골목에 웅크리고 앉아 담배를 얼마나 피웠는지 금세 목이 아파왔다. 그러던 도중 어떤 여자가 나에게 다가와 옆에서 나를 껴안았다.

그녀였다.

큰 키에 긴 생머리. 모자를 깊게 눌러쓴 채 웃고 있는 그녀는 새벽의 도시와 어울리지 않을 정도로 아름다웠다. 우리는 아주 간단한 인사를 했다. 별다른 이야기는 하지 않았다. 사실 어색함이 가득했다.

늦은 시간이라 길거리에서 택시를 잡는 것은 상당히 힘든 일이었다. 그저 걷다 보면 택시가 지나갈 거라는 생각에 무작정 걷기로 했다. 그녀는 택시를 찾는 동안 내 팔을 꼭 잡으며 걷고 있었다.

택시에 탑승해 신촌 어느 지하에 위치한 bar로 이동했다. 아마도 새벽 3시쯤 되는 시간이었다. 첫 만남을 이런 지하에 있는 bar에 앉아 싸구려 맨해튼이나 마시는 광경이 조금 거슬리긴 했지만 상관없었다. 나는 대화가 필요했을 뿐이다.

조금 신기한 일은 그녀는 나를 첫눈에 알아봤다는 것이다.

아무튼, 우리는 그렇게 서로의 삶에 대하여 대화를 나누었다. 이야기를 나누면서 그녀를 계속 바라보았다. 나와 정면으로 눈을 피하지 않고 이야기하는 그 모습에서 진심이 보였으며, 정말 간절하게 나를 이해하고 싶어 하는 그 마음이 느껴졌다.

나의 계속되는 외면 속에 진실함으로 당당하게 맞서는 그녀를 보며, 나도 모르게 내 마음속에 걸려있던 자물쇠를 풀어갔다.

그녀의 아름다운 외모가 조금 안쓰럽게 생각되었다. 그녀는 분명 순수함을 지니고 있지만, 그 아름다운 외모 덕분에 필요 없는 남자들이 제법 많이 다가왔을 거라고 느꼈다. 그렇게 날파리가 많이 꼬이다 보면, 정말 좋은 사람을 놓칠 수도 있고, 상처받을 기회도 많았을 것이라는 생각에 그녀가 안쓰럽게 느껴졌다.

그리고 난, 사랑에 빠졌다.

-11.12.15.

우리는 아침부터 분주했다. 이른 아침 신촌의 거리는, 이제 막 축제가 끝난 어느 도시 같은 느낌이 강하게 들었다.

그리고 나에게 마법은 그때부터 시작되었다.

내가 싫어하던 아침 공기에 섞인 매연조차 눈살을 찌푸리지 않게 되었다. 그리고 내 옆에는 그녀가 있었다.

아침부터 길을 물어보는 일본인들에게, 거부반응보다는 반가움이 앞선다. 난 그들이 절대 귀찮지도 거슬리지도 않았다. 지금 내가 숨 쉬고, 누군가와 대화할 수 있다는 그 기분이 좋았다.

길을 알려주려고 노력했지만, 나도 잘 모르는 신촌의 거리를 설명할 방법이 없었다. 다만, 웃으면서 그들과 이야기를 했고, 마지막으로는 좋은 여행을 하라는 짧은 인사를 남기고 우리는 돌아섰다.

그녀와 함께 식사를 하러 들어간 식당은 정말 볼품없으며, 맛도 없었다. 하지만 좋았다. 우리는 식당에서도 바로 옆자리에 꼭 붙어 앉아 밥을 먹었다. 서빙하는 종업원의 불친절에도 나는 웃어넘겼다. 모든 것들이 그럴 수도 있는 일 같고, 그래서 나쁠 것도 없다는 생각이 들었다.

누군가와 함께한다는 것이, 이렇게 행복하고 좋은 일인지 처음 알았다.

오늘 하루, 그녀와의 이별은 참기 어려웠다.

나는 조금만 더 같이 있자고 애처럼 굴었다. 그렇게 우리는 근처 영화관에 들어가 영화를 보며, 저녁 시간까지 함께했다.

그녀는 나와 함께 있는 도중 혼자 무언가를 중얼거리며, 사물 혹은 자신의 행동 같은 것들과 대화를 하곤 했다. 사실 그러한 행동이 나의 시각에 너무 귀여워 보였다.

어느덧 예정된 시간이 다가왔고, 우리는 신촌에서 각자의 집으로 향하기로 했다.

그녀를 먼저 택시에 태웠고, 그 바로 뒤에 있는 택시에는 내가 탔다.

충분한 인사를 했지만, 여전히 아쉬움이 남았다.

나는 택시기사님께 양해를 구하고, 잠시 내려 그녀가 타고 있는 택시로 가서 가벼운 입맞춤을 하고 돌아왔다.

집으로 오는 길은 나에게 많은 생각을 할 시간을 제공해 준다. 이것은 모든 사람의 특권임에 분명하다.

앞으로 내 감정에 관하여 솔직하게 표현하기로 마음먹었다. 더 이상 상처 주고 싶지 않았다. 좋으면 좋다고 말하는 것이 어렵지만은 않았다.

나는 논리적인 사람이 되기를 점점 거부하고 있었다.

-11.12.16.

유난히 밝은 아침이다. 현실과는 다르지만, 나에게는 어느 때보다 뚜렷한 아침이라고 자부한다. 메일로 받은 연구 자료를 확인하며 논문을 쓰면서, 왜 비어있는 페이지에 그녀의 이름을 적었는지 모르겠다.

기분이 너무 좋았다. 하지만 한편으로는, 두려움도 조금은 있었다.

밤이 늦어서야 동생 방으로 들어갔다. 침대에 누워 이런저런 이야기를 나누었다. 그리고 사랑이라는 감정에 대하여 이야기를 했다.

동생은 그 사람의 어떤 점이 좋으냐며 물어봤다. 나는 대답하기 어려웠다.

하지만 그냥 너무 좋았다. 난 그 사람 자체에 너무 깊게 빠져버렸다.

-11.12.17.

삶에 있어 행복함이라는 감정이 어떤 요소에서 다가오는 것인가를 새삼 느끼고 있다.

항상 섬세함과 완벽함만을 고집하며 준비하던 모든 업무가, 나에게 이렇게 즐거운 그저 하나의 과정으로 변하게 될 줄은 상상도 못 한 일이다. 가끔은 책상에서 혼자 흥얼거리는 일도 많이 생겼다.

나는 K에게 우리의 감정에 관하여 자랑하듯 이야기했다. 그는 들뜬 나의 목소리가 낯설다 말하면서도, 자신의 일인 양 나를 축하해 줬다.

어떠한 말들이나 기록을 하면서도 감정을 억제하는 것이 너무 힘들다.

가수, 화가, 작가들이 작품을 만들 때, 한정적인 만큼의 감정을 억제하여야 한다고 했던 이유를 이제야 알 것 같다.

평소에는 듣지도 않던 대중가요에 장단을 맞춰 흥얼거리는가 하면, 나도 모르게 걸음을 걸을 때 살짝 점프를 한다든가, 곰곰이 다른 생각을 하다 피식 웃는 그런 상황들이 자주 발생했다.

또, 나는 잠들기 전, 그녀와 몇 시간을 쉬지 않고 통화하고 있었다.

아마도 이제는 정해진 날짜에 삶의 일부를 기록해 두는 것도 조금씩 벅찰 것 같다. 일기를 미뤄 쓰는 습관이 생길지도 모른다. 하지만 상관없다. 나는 태어나 처음으로 겪는, 이런 감정들이 어색하지만 좋았다. 너무 행복하고, 이 세상이, 내 삶이 너무 좋다.

모든 것들이 그녀와 함께 있을 수 있다는 현실이 좋다.

-11.12.18.

역삼동 컨티넨탈 호텔에서 세미나가 열렸다. 준비하는 과정에서도 그녀와의 연락은 잊지 않고 지속했다. 문자를 주고받거나, 짧지만 몇 번의 전화도 하면서, 서로가 틈만 나면 연락을 주고받았다. 우리 둘만의 싸인 같은 것들도 생겼다. 서로 별것 아닌 작은 일에도 깔깔거리며 웃었고, 마침표나 쉼표 하나까지 전부 읽으며 의미를 부여했다.

일적인 것들을 진행하며 겪는 약간의 긴장감을 그녀가 억제시켜주곤 했다. 그녀에게는 그러한 포근함이 있었다. 나는 그런 그녀의 포근함에 기대고 싶었다.

하지만 다른 부분에 있어서는 항상 철저하게 행동하듯, 나는 완벽에 가깝게 나의 업무를 마무리했다. 중간에 그녀와 관련된 생각으로 입꼬리가 조금씩 올라가는 행동을 보였지만, 애써 참으려 노력했다.

세미나가 끝나기 무섭게 그녀에게로 갔다.

화장을 하지 않은 그녀의 모습이 참 좋았다. 무언가 가면과 같은 것들을 쓰지 않고 나를 만나고 있다는 느낌이 난 더욱 좋았다. 치장하는 것을 싫어하지 않지만, 애써 그러한 것들로 하여금 서로를 불편하게 하고 싶지 않았다.

늦은 시간이지만, 근처 식당으로 향해 함께 식사를 했다.

식사하는 중간마다 종업원의 작은 실수가 계속되었는데, 그녀는 아주 작게 인상을 쓰면서 언짢은 표정을 지었다. 하지만, 나는 그녀에게 웃으라고 이야기했고, 종업원과 간단한 농담도 주고받았다. 그녀를 품위 없는 사람으로 만들고 싶지 않았다.

식사를 하며, 그녀는 테이블 위를 조금씩 정리했다. 나는 이러한 행동이 좋지 않다는 이야기를 웃으며 설명했다. 저기 저 사람들의 일을 우리가 뺏을 권리는 없다며, 우리는 우리만의 시간을 즐기자는 말을 했다. 그녀는 나의 이야기를 잘 알아들었는지, 약간은 어리둥절한 표정을 지었지만, 금세 웃으며 하던 행동을 멈추었다.

함께 식사를 끝내고 밖으로 나와 거리를 걷기 시작했다.

이 도시의 밤과 우리는 너무 잘 어울리는 것 같았다. 그녀는 길을 걸을 때 항상 내 팔을 꼭 잡고, 가끔은 나를 바라보고 눈을 맞추며 걷곤 했다.

그녀를 집 앞까지 데려다주고, 곧장 집으로 향했다.

피곤함이 심하게 밀려온다. 일기를 쓰는 중간에 생각을 해보았다.

더 이상 나에게 수면제가 필요하지 않을지도 모른다는 생각이 든다.

-11.12.19.

점심시간이 조금 넘어서야 외출을 했다. 물론 그녀와의 연락은 나에게는 필수 항목이 되어버린 현실이다.

제법 추운 날씨였지만, 따뜻한 햇살이 내 피부를 자극하여 포근하다는 느낌이 느껴지곤 했다.

집 앞에 나와 택시를 잡으려 했지만, 어디에도 보이지 않았다. 오늘따라 지나가는 택시가 없었다. 상관없었다. 들뜬 마음으로 길을 걷기 시작했다.

길을 걷는 도중에 무거운 짐을 들고 있던 할머니를 보았다. 무슨 용기가 나서 행동했는지 모르겠지만, 나는 그분에게 짐을 들어주겠다고 나섰다. 결국 할머니의 짐을 들고 집 앞까지 들어다 주는 행동을 하게 되었다. 무겁지는 않았다. 부피가 큰 탓에 불편하긴 했지만 나는 한 번도 인상을 찌푸리거나 투정하지 않았다.

할머니는 내가 살고 있는 집에서 가까운 단독주택에 살고 계셨다. 나에게 고맙다는 말과 함께 차 한잔 하고 가라는 호의를 베풀었다.

집 앞 마당은 제법 잘 꾸며져 있었고, 가지런히 모아둔 앙상한 나뭇가지 한 더미가 푸근한 느낌을 심어 주었다. 마당에 잘 꾸며진 나무로 만든 테이블 앞에 앉아 집으로 들어가신 할머니를 기다리며 지율과 연락했다.

금세 할머니가 홍차 두 잔을 들고나오셨고, 밖이 춥다면 안으로 들라고 하셨다. 나보다 할머니가 걱정되었기에 집 안으로 들어가기로 했다. 집 안은 상당히 멋있게 꾸며져 있었다. 넓은 벽지를 가족사진이 대부분 덮고 있었고, 집 안에는 향긋한 꽃냄새가 은은하게 남아 있었다.

넓은 거실에 있는, 작은 테이블 앞에 쪼그리고 앉아 할머니와 대화를 했다.

할아버지는 3년 전에 먼저 세상을 떠나셨고, 하나뿐인 아들 가족은 미국에서 거주하고 있다는 이야기로 할머니의 이야기는 시작되었다.

어쩌다 보니 한 시간이 넘는 대화를 나누게 되었는데. 대화 도중에 나도 미국에 종종 들어간다는 대답을 했다. 그러자 할머니는 방에 모아둔 편지를 보내줄 수 있냐며 나에게 이야기했다.

나는 웃으며 한국에서도 편지를 보낼 수 있다고 이야기해드렸고, 가족들이 보낸 주소지를 나의 다이어리에 옮겨 적었다. 최대한 정중하게 인사를 드리고 대문 앞을 나왔을 때, 나의 손에는 할머니께서 정성 들여 쓴 편지 한 뭉텅이와 사탕 한 봉지 그리고 그분의 따뜻함이 남아 있었다.

-11.12.21.

〈나〉라는 말보다는, 〈우리〉라는 말에 중점을 두게 되었다.

상대방으로 하여금, 사소하다고 하는 모든 것들이 나에게는 전부가 된다. 그런 재미가 있다. 서로가 서로를 전혀 모르는 상황에서, 상대방을 조금씩 알아가는 재미가 있다. 또는 그 사람과 나의 생각과 가치관을 비교하는 재미도 있다. 하지만 이런 행동은 우리에게는 단순한 재미는 아니었다. 호기심이나 관심과는 전혀 다르다. 이건 애정의 결핍이 아니라고 확신한다. 다시 한번 강조하지만 이건 깊은 사랑이다. 에리히 프롬의 서적 〈사랑의 기술〉에서 보면, 연애 초반의 강한 애정은, 그동안 그 사람들이 얼마나 고독했는가를 나타낸다고 했다. 하지만 그것은 일반적인 연애다. 나는 상대방과 깊은 내면에 관한 이야기를 나누고 있다. 단순한 연애와는 차원이 다른 그런 만남이다.

사람과 사람 사이에 섬이 존재한다면, 우리는 그 섬에 있다. 가끔은 그녀가 오기도 하고, 내가 찾아갈 때도 있다. 세상에는 그것만으로 충분했다. 심지어 고요했다. 아니, 차라리 이게 전부라고 생각했다.

그녀와 밤새 미래를 이야기하는 것은 즐거운 일이었다. 함께 집을 짓고 사는 이야기도 했다. 그럴 때마다, 우리는 자신이 좋아하는 것을 한 개씩 그 집 안에 적어 넣었다. 그러다 보면 집 안은 우리가 좋아하는 것들로 가득했고, 금세 아침이 찾아왔다.

기껏해야 잠깐 눈을 붙이고 외출했지만, 피곤함보다는 서로 떨어져 있는 것을 아쉬워했다.

곰곰이 많은 생각을 하게 된다. 인간의 삶에 이보다 더 중요한 것이 있을까?

-11.12.23.

오늘은 성탄절이다.

딱히 이러한 날들을 자신만의 쾌락주의에 사용하고 싶지는 않았을뿐더러, 아무 생각 없는 인간들이 밖으로 더 많이 나와 활동하는 날이라고 생각한다.

지율과 함께 좋은 시간을 보내고 싶었지만, 바쁜 스케줄 덕분에 늦은 시간까지 논문 작성을 해야 했다.

그녀에게 미안한 마음이 많이 들었지만, 최소한 정해진 나의 일은 끝내야 한다고 생각한다. 적어도 책임감 없는 인간은 최악의 동물이라고 생각하기 때문이다.

아무튼, 난 태어나 처음으로 크리스마스가 즐겁게 느껴졌다. 처음 겪는 낯선 감정이지만, 최대한 노력을 했다, 사회적으로 대부분 하는 행동들을 이해하기로 했다. 그런 다짐을 하면서 그녀에게 줄 선물도 준비했다. 내가 아끼는 사진 작품 〈넘버〉가 있다. 한 점은 초록색으로 웅장하고 푸른 나무를 표현했고, 다른 한 점은 푸르고 앙상한 차가운 나무를 표현했다. 나는 그중 초록색 따뜻한 색감의 그림을 액자에 넣어 준비했다. 지금은 겨울이니 따듯한 그림을 선물하고 싶었다. 계절이 바뀌어 여름이 오면, 내가 가진 작품과 바꾸어 주고 싶었다. 그렇게 서로가 계절을 공유하는 것이 얼마나 행복한 일일까.

자정이 넘어, 집 앞으로 달려온 그녀를 반기며 나도 모르게 이상한 표정으로 그녀를 바라보았다.

평소와 다르게 제법 꾸미고 온 그녀의 모습에 나의 생각이 아름다움과 혼란의 경계선에 오묘하게 걸쳐있었다.

늦은 시간이기 때문에 딱히 갈 곳이 없었지만, 거리의 수많은 곳 어디든 상관없었다. 그러다 결국, 근처 커피숍에서 서로에 관한 이야기를 나누었다.

사실, 나는 많은 치장을 하는 여자를 싫어한다. 자기 자신을 꾸민답시고 헬스장에서 대부분의 시간을 보내면서 사진이나 한두 번씩 찍는, 자신들은 충분히 자기 관리를 하고 있다고 생각을 하는 멍청한 족속들 대부분이 그런 부류에 속하기 때문이다.

또, 가면을 쓰고 나를 바라보는 그 눈빛이 싫다.

하지만, 그녀는 달랐다. 어떠한 모습이든, 내 눈을 피하지 않고 진실만을 요구하는 느낌을 받을 수 있다.

그리고 나는 고백했다. "당신은 나를 조금 더 좋은 사람으로 만들어." 라고.

-11.12.25.

바쁜 스케줄 때문에 다급하게 일정을 끝냈다. 그러다 보면 매번 시간은 늦는다. 그녀와의 만남으로, 내 삶에 대한 많은 부분이 변했다. 그녀와 관련된 생각이 대부분이지만, 현실적인 생각과 계획도 미루지 않기로 했다. 그것조차도 우리에 관한 것이기 때문이다.

함께 미국에서 생활을 시도하는 생각도 했고, 내가 이곳에서 직업을 구하는 방법도 있다. 최대한 업무 시간이 적고, 급여가 높은 곳을 찾아봤다. 공공기관도 생각했다. 정해진 시간에만 근무를 하고, 근무 일수가 적은 곳들. 부족한 금전은 개인적인 투자나, 여가시간에 작성하는 논문을 팔거나, 특정 단체의 재무 관련 업무를 위탁받아 벌어들이면 된다는 생각을 했다. 그렇게 된다면 생활에는 부족하지 않을 정도의 금전을 소유할 수 있고, 일에 치우쳐 살지 않아도 된다. 서로가 함께할 시간도 늘어나며, 그녀가 하고 싶거나, 배우고 싶어 하는 것들을 함께 할 수 있게끔 시간적 조율도 가능할 것이라 생각된다.

여러 가지 방안을 찾아보고 준비해 두어야겠다는 생각을 했다.

언제나 여러 경우의 수를 만들어 놓고, 철저하게 준비한다면, 선택이라는 것을 할 수 있는 특권이 생기기 마련이다. 나는 늘 선택을 하는 입장으로 살아가기 위해 노력한다. 이건 내 실력이나 능력에 대한 자만이 아니다. 그렇게 매사에 노력하고 있다는 것을 인지하기 위함이다.

내 모든 삶을 상대방에게 맞추고 싶다. 그렇게 살아가고 싶다. 매번 생각하던 최고의 자리, 최고의 능력, 그 모든 것들이 이제는 필요가 없어졌다. 한 여자의 남자로, 그저 평범하게 서로 의지하고 살아가는 것이 얼마나 아름다운 일일까. 그거면 충분하겠다고. 아니 심지어 너무 과분하다는 생각이다.

이렇게 철저한 계획에서 발생하는 오차가 있다. 그녀는 나에게 자주 이야기한다. 〈혼자 젊어지려 하지 마요.〉

-11.12.27.

한 해의 마지막 날이다. 의미를 부여하고 싶지 않았지만, 상대방으로 하여금 무엇이든 의미를 만들어 내고 있었다.

우리는 서로 준비한 편지를 주고받았다. 난 그녀에게 JD 셀린저의 〈호밀밭의 파수꾼〉을 선물했다. 그리고 앞장에 짧은 편지를 적었다. 주인공 홀든 콜필드처럼, 순수한 마음이고 싶었다. 함께하는 시간, 마음 그리고 그 지속성에 관한 것들 모두가 순수한 것들이기를 바라는 마음이었다. 그것도 모자라 편지지 가득 글을 적었다. 함께 있는 시간을 제외하면 온통 편지를 적거나, 문자를 주고받거나, 음성 통화를 했다.

새로운 한 해를 함께 시작하기로 했다. 이건 정말 특별한 일이다. 우리는 약속했다. 변치 않기로. 그리고 나는 영원을 다짐을 했다.

정말 내 인생 전부 중, 가장 훌륭하고 멋진 한해가 끝나간다. 그리고 이제 시작이다. 이 감정은 점점 커다랗게, 그리고 안정적으로 변해 갈 것을 나는 장담한다. 내가 그렇게 만들 것이다.

-11.12.31.

그녀와 속초 겨울 바다 여행은 참으로 행복했다. 우리의 첫 여행이기 때문에 실수도 많았을 뿐더러, 계획처럼 실행하지 못한 부분도 상당히 많았다. 하지만, 함께 있다는 이유가 그 모든 것들을 즐겁게 만들었다.

나는 매사에 완벽하고 철저한 사람이기를 원하지만, 이러한 감정적인 것들에 관하여는 어쩐지 자신감이 줄어든다. 그렇기 때문에 더욱 서두르고, 나답지 않은 모습이 자주 발생한다. 너무 떨리고, 긴장되고, 심지어는 설렌다.

마트에서 장을 보는 것이 더 이상 나에게 일이 아니었다. 식품코너에 들어가 서로가 좋아하는 것들을 이야기했다. 하나씩 집어 카트에 넣으면서 상대방의 의견도 들어 보았다. 나는 그녀가 좋다는 것들을 전부 좋다고 했다. 왜 당신은 싫어하는 것이 없냐는 물음에 대답을 하지 못했다. 난 사실 그녀가 좋다는 것들 모두를 좋다고 이야기하고 싶었다. 우리는 제법 잘 맞는 부분이 있다는 그런 이야기도 듣고 싶었다.

마트 꼭대기 층은 인테리어 소품과 가구를 파는 곳이었다. 그녀는 아기자기하고 화려한 장식품을 아주 좋아했다. 여기저기 시각을 바꾸어가며 둘러보는 그 모습이 어린아이처럼 순수해 보였다. 그녀는 장난처럼 이것저것 전부 손으로 가리키며 사달라고 했다. 결국에는 아니라며 지금 사봤자 쓸 곳이 없다며 포기했지만, 그저 그 모습을 구경하고 그것만으로 아주 행복해했다.

펜션은 바다가 훤히 보이는, 넓은 거실이 있는 큰 방으로 잡았다. 방 호수는 327호. 그녀의 생일은 3월 27일이었다. 우리는 이것도 운명이라며, 세상 모든 것들에 우리의 삶을 대입시켰고 의미를 부여했다.

방 중앙에 테이블을 놓고, 촛불도 두 개 켰다. 고기를 구워 일회용 접시에 두었고, 마트에서 구입한 와인과 와인 잔을 옆에 배치했다. 제법 근사한 저녁 식사 준비를 했다.

우리는 밥을 먹으면서도 서로 장난을 쳤다. 서로 물고 뜯고 손도 잡고, 나는 어쩔 줄 몰라 했다. 심지어 애처럼 굴었다. 세상에 더 이상 아무것도 필요가 없었다. 서로의 존재만으로, 아무것도 더 이상은, 다른 것들을 원할 필요조차 없을 정도로 단순하게, 오로지 서로가 세상의 전부였다.

그렇게 우리는 더욱 깊어졌다.

-12.01.03.

1박 2일을 계획했던 여행을 갑작스럽게 연장하기로 했다. 우리는 떨어져 있기 싫어했다. 각자의 삶으로 돌아가야 하는 현실을 인정하기 너무 싫었다. 나는 적어도 내가 정해놓은 일에 지장이 생기는 것을 끔찍하게 싫어할뿐더러, 지금까지 진행하던 일을 단 한 순간이라도 망쳐 본 기억이 없었다. 하지만 무슨 결심이었을까. 용기 내어 우리는 휴대전화를 껐다. 그리고 우리만의 시간을 더 만들어보기로 했다.

하루 종일 침대에 누워 이야기를 나눴다. 살아오면서 겪은 이야기, 사소한 습관들, 내가 생각하는 나 자신의 모습, 남들이 생각하는 나의 모습 그리고 싫어하는 것들, 그리고 서로에 관한 모든 것들을 더 이야기했다. 매일 밤새 이야기했지만 부족했다. 밤새 이야기하고 또 밤새 이야기해도 서로에 관한 이야기라면 더 듣고 싶고, 더 이야기하고 싶었다. 정말 행복한 것은, 세상에는 우리 둘만 있는 것 같다는 감정이었다. 많은 사람들이 공존하는 세상에 우리 둘만의 채널이 있고, 그곳에서 살고 있는 이 느낌은, 장담하건대 그 어떤 행복과도 바꿀 수 없다.

나는 어제 마트에서 있었던 이야기를 했다. 당신이 갖고 싶어 하는, 그리고 원하는 그런 것들 모두가 이루어지는 세상을 만들어 주겠다고. 정말 전부 다 당신이 원하는 것들이 이루어지는 세상을 내가 만들어 보겠다고, 그렇게 이야기했다. 그런 말을 할 때마다 그녀는 나에게 〈뻥쟁이〉라고 놀리며 웃었다. 그리고 지금처럼만 같이 있어도 충분하다며, 내 머리를 쓰다듬고 나를 안아줬다.

나는 그 품에서 자주 잠들었다. 자다 깨어 상대방을 쳐다보고, 다시 잠들기를 반복했다. 평생을 이렇게 살고 싶어졌다.

-12.01.04.

각자의 삶으로 돌아오니 마음 한구석이 허전했다. 시간이 조금이라도 허락하면 핸드폰을 꺼내어 문자를 했다. 어제의 이야기, 이틀 전 이야기. 우리는 깔깔거리며 함께했던 이야기를 했다. 밥을 먹을 때에는 내가 왜 그러한 표정을 지었었는지, 그리고 갑자기 바라본 당신의 옆모습이 조금 슬프게 보였다던지, 이러한 방식으로 서로 해야 할 이야기들이 더 늘어가고 있었다. 대부분은 주로 서로를 모르던 시절의 이야기를 했었지만, 이제는 함께 보내는 시간이 늘어가고 있다. 그래서 더욱 해야 할 이야기가 많아졌다.

누군가에게 사랑받고 있다는 감정을 처음으로 느꼈다. 이러한 느낌은 글로 표현하기 어렵다. 포근함이나 따듯함, 영화나 책에서 접하는 감동과는 확실하게 다른 느낌이다.

며칠 전에는 그녀와 이별하는 꿈을 꾸었는데, 그 내용을 전부 이야기할 수 없어서 그냥 기분이 조금 좋지 않다고 이야기를 했다. 그랬더니 그녀는 나를 위해 노래를 불러주었다. 내 기분을 풀어주려고 노력하고 웃는 그녀를 보면, 더 이상 나는 머뭇거리거나 주저앉을 수는 없었다. 그래서 나는 요즘 밝아지고 있다. 어깨에 힘이 들어가고, 땅을 쳐다보며 걷는 행동은 하지 않는다. 푸념 대신 다짐을 많이 하게 되고, 결과 대신 과정을 즐기고 있다.

-12.01.05.

K에게 연락이 왔다. 예전 인터뷰에 활용했던 자료를 직접 체험하기 위하여 뉴욕에서 생활을 다짐했다고 한다. 글을 쓰기 위해 다니던 직장에 사표를 제출하고, 머물던 오피스텔도 전부 정리했다는 내용이었다. 이전부터 지속적으로 준비해 왔었는데, 급격하게 변한 내 삶에 끼어들고 싶지 않았다는 이야기를 했다. 나는 조금 서운하다며 그럴 필요는 없다고 이야기했다.

근래 지율과 만남을 지속하면서 K에게 메시지를 자주 보냈다. 그는 나에게 매번 잘된 일이라고 이야기했고, 자신의 말처럼 매번 마음을 열고 살아가길 바란다는 이야기를 했다. 나는 그에게 고맙다는 말을 수십 번은 더 했다. 덕분에 이러한 감정을 알게 되었다고.

그렇게 그는 소설이 완성되면 돌아와 연락을 하겠다는 마지막 말로 통화를 끝냈다.

어쩌면 나에게 세상을 알려준 사람은 K가 아닐까 하는 생각도 들었다.

-12.01.08.

그녀와 함께 있으면 시간이 너무 빠르게 흐른다. 우리는 여전히 밤새 미래에 대한 이야기를 했다. 현실에 관하여도 만족했다. 서로의 작은 습관, 추구하는 사상, 행동하는 것들 모두, 나는 매번 우리가 잘 어울린다는 이야기를 듣고 싶었다. 그런 것들에 욕심을 부렸다. 그래서 원하지 않은 것 일부를, 애써 그런 척해야 하는 경우도 종종 있었다. 하지만 무엇이든 문제가 될 것은 없었다.

그녀는 내 목소리를 좋아했다. 저음의 차분한 말투, 그리고 종종 하는 농담이 재미있다고 했다. 배울 점이 많은 사람 같다며 나를 좋아해 줬다.

나는 반대로 그녀의 좋은 점을 찾기 어려웠다. 온전히 상대방 자체를 좋아했다. 느낌, 성향, 생활 패턴 모든 것이 나에게는 커다란 비중이 없었다. 그 사람을 이해하려고 노력하는 순간부터, 내가 좋다고 생각하지 않았던 부분도, 그 사람과 연관된 것이라면 모든 것들이 좋아졌다. 〈이 사람은 이런 단점이 있다.〉라는 생각보다 〈이 사람은 이런 성향이 있구나.〉라는 생각으로 변하게 됐다. 모든 것들이 나쁘게 보이지 않기 때문이다.

우리는 그렇게 서로 공통된 부분을 찾기 위해 여전히 자주 밤을 새웠다. 그렇게 시간을 보내다 아침이 가까워질 때쯤, 잠깐의 수면 시간을 가진 뒤 각자 서로의 생활로 돌아갔다.

-12.01.12.

부모님들과 트러블이 날이 갈수록 심해지고 있다. 예정했던 미국 생활과 요즘 내 생활 패턴에 관하여 많은 잔소리를 늘어놓았다.

나는 무엇이든 이제는 내가 알아서 한다고 이야기하면 그들은 거센 반박을 하고 있었다. 내 삶을 전부 이해하고 있다는 그들의 태도는 오랜만에 내 비위를 망쳐놨고, 나는 뭐라도 읽어야겠다는 생각에 휴대폰을 만졌다.

그들은 자기들 나름대로 개척했던 내 진로를 브리핑했고, 보장된 앞날에 관하여 이야기할 때는 아주 멋지고 황홀한 표정을 지었다. 나는 단번에 전부 포기하겠다고 했다. 나에게 이 모든 것들은 의미가 없으며, 적절한 삶을 찾아 나만의 행복을 찾는 행동을 하고 싶다는 이야기를 했다.

아버지는 기다렸다는 듯, 정말 정확한 구상을 중심으로 이야기했다. 금전에 관하여. 그것들로 하여금 풍요롭고 안정적인 교육과 가정적 분위기 그리고 마찰이 없는 가정을 위하여 일방적으로 압도적인 힘이 필요하다는 말이었다.

그 잠깐의 순간에도 톨스토이의 이야기가 생각났다. 어느 가정이나 행복한 집안에야 그 이유가 대부분 비슷하지만, 불행한 가정의 경우에는 아주 다양한 이유가 있다는 말이 스쳤다.

나는 어쩐지 나도 모르게 그의 앞에서 할 말을 잃었다. 그렇게 방 안에 들어와 혼자 눈물을 흘렸다.

-12.01.15.

며칠째 내 삶에 관하여 다시 돌아보는 시간을 가졌다.

지율과의 만남. 그리고 부모님의 이야기. 나는 정말 많은 생각을 했다. 그리고 단숨에 결정했다. 감히 누구도 나에게 충고할 수 없는 그런 자리를 만들어 갈 것이다. 무엇이든 결정할 권리를 갖고, 생각하는 것들을 바로 시행할 수 있는 그런 힘이 있는 위치. 그리고 그 옆엔 그녀가 있다. 속초 바다에서 다짐했던 것처럼, 그녀가 원하는 것 모든 것들이 이루어지는 세상을 만들 것이다. 아무도 내게 다가올 수 없는 곳. 그녀만이 허락되고 가능한, 그리고 그 세상 끝에는 우리 둘만이 있는 그런 삶을 만들 것이다.

나에게는 불가능이란 없다. 늘 그래왔고, 충분히 실행 가능한 부분이었다.

나는 그렇게 치밀한 계획을 구성하기로 했다.

-12.01.21.

공동으로 연구 중이던 자료에서, 수학적 접근 방식의 퀀트 자료를 제외시킨 모든 것들을 단독으로 독파하기로 다짐하고 시작했다. 헤지의 전체적인 펀더멘탈을 이용해 데이터를 구성하고 그 틀을 이용하여 사모펀드를 설립할 계획이다.

수익성이 높은 파생상품을 중심으로 절대적인 손해가 없는 시스템을 완성시킨 후, 지속적인 시뮬레이션으로 가능성을 확인해 그것들을 실질적 투자사에 대입시켜 준다. 확실한 가능성이 있다. 충분한 실력은 터트리는 타이밍이 중요할 뿐. 돈을 버는 사람이 소수 존재한다면, 돈 냄새를 맡고 움직이는 하이에나 같은 녀석들은 아주 널리다 못해 넘쳐난다. 그런 적당한 녀석들을 잘만 다루어 준다면, 별도 비용이나 인력을 들이지 않고도 막대한 자본금과 인력을 지원받을 수 있다.

내 계획은 완벽하다. 지금 연구 중인 방식의 최댓값에 가까워지는 작업을 하기로 했다. 그리고 이런 작업들은 나에게는 무척이나 순조롭다.

-12.01.24.

잊고 있던 내 생일을 지율이 챙겨줬다. 생일이라는 날을 기념이라는 의미를 지니지 않고 살아온 나에게, 축하를 받는 것이란 매우 어색했다. 생일이라는 것을 인지하지도 못하며 살아왔지만, 생일파티라며 작은 고깔모자를 쓰고 불붙은 촛불을 끄며 서로에게 새로운 속삭임을 한다는 것이 얼마나 멋진 일인지 이제야 알게 되었다.

생일 선물로 갖고 싶은 것이 있냐며 그녀가 묻자 나는 책을 선물로 받고 싶다고 했다. 우리는 함께 강남 교보문고에서 책을 고르며, 서로의 독서 성향도 알아가게 되었다.

그녀에게 받은 편지들, 나를 위해 직접 뜨개질해 만들어준 목도리, 선물받은 책까지, 간직해야 할 것들이 늘어가는 일상이 아주 행복하다.

오늘은 내 생의 최고의 생일이다. 그렇게 매번 우리는 함께하겠지.

-12.01.25.

문득 이런 생각을 하게 되었다.

최근 들어 급격하게 달라진 나 자신의 심리 상태나 현실적인 상황을 보면서, 온전한 나 자신만의 자아를 상실할지도 모른다는 생각이 문뜩 스치곤 했다.

이는 늘 슬픈 일이라 생각하던 감정이었지만, 사랑이라는 감정이 그곳을 채우면서 다른 감정으로 변하는 것은 아닐까 생각이 들기도 한다.

만약, 아주 만약에 그녀가 없는 삶으로 돌아간다고 한다면, 더 이상 내 삶은 어떠한 의미가 있을까? 혹은 내가 돌아갈 곳이 남아있기는 할까? 하는 두려움에 가슴 한구석이 석연치는 않다.

다만, 두렵지는 않다.

그녀만 함께 있다면, 열 번 넘어져도 다시 일어날 수 있다.

-12.01.27.

그녀는 내게 늘 이야기한다. 나를 보면 우물가에 내놓은 어린아이 같다고. 자기 자신이 늘 나를 돌봐주어야 할 것 같다는 생각이 든다는 말을. 나는 걱정하지 말라는 말뿐, 해줄 이야기가 없었다.

서로가 어려운 만남을 하고 있다는 것을 그녀는 인지하고 있다. 어느 누구나 그렇지 않을까. 각자의 삶이 하나로 합쳐진다면 서로가 포기해야 하는 부분이 생겨나는 것은 당연한 일이다. 나는 그런 부분을 그녀와 늘 이야기했다.

요즘 대화를 할 때면 그녀는 내 눈을 피한다. 서운하지만 애써 말하지 않았다.

-12.01.29.

사무적인 일들은 정리가 완벽해지고 있다. 개별적으로 인력을 고용하여 연구 자료를 강화하고, 파생상품의 개인투자로 시드머니를 확보하고 있다. 가장 자신 있는 파트인 지수옵션에 관하여 꾸준한 성과를 올리고 있다. 수익이 많이 발생하여도 개별적으로 사용하지 않고 자본을 늘리고 있다.

금전의 이익, 그리고 그런 것들에서 발생하는 모든 데이터는 단체를 설립하는 용도로만 사용할 것이다. 당장에 막대한 자금을 형성할 수는 없지만, 투자를 받아 단체를 설립한다 하여도 개인 자금의 크기에 따라 본인의 수익금은 엄청나게 변하기 때문이다.

어려운 점은 없었다. 모든 것들은 교육받고 훈련한 대로 사용하면 된다. 정해진 구간에서 절제를 지키고, 개인적 성향에 의존하는 판단과 탐욕 이런 것들을 버린다면 나에게는 매번 하고 있는 일일 업무 정도의 일과 마찬가지다. 그리고 그 완성은 그녀와 나 우리 둘만의 세상이 될 것이다. 나는 그렇게 믿고 있고, 그런 세상을 만들 준비를 하고 있다. 오로지 그것만이 내가 해야 할 일이다.

-12.02.01.

시간이 필요하다는 말은 무슨 의미일까?

그녀는 요즘 싫증을 많이 내고 있다. 매번 일에 치우쳐 만나는 우리의 일상도. 그리고 안정적인 만남, 현실적인 편안함 그런 것들을 원하는 것 같다. 나에게 짜증을 내려고 했다가도 그러지 못한다. 그럴 때마다 나는 더욱 미안해진다. 내가 작은 말 한마디에 의미를 두고 있다는 것을 그녀는 알고 있다. 그래서 나에게 짜증을 내거나, 내가 듣기 싫어하는 이야기를 하지 않으려고 노력하는 것도 알고 있다. 이렇게 배려가 깊은 사람을 힘들게 하고 있자니, 나 자신도 점차 초라해진다는 것을 느낀다.

하지만 나는 믿는다. 그리고 우리는 약속했다. 서로가 끊임없이 노력한다면 먼 훗날, 이런 작은 사건들이야 가벼운 에피소드 정도로 끝날 수 있을 거라는 것. 그리고 우리는 함께할 수 있다는 것을 나는 믿고 있다.

-12.02.05.

두렵다.

짧아진 말, 퉁명스러운 말투, 낮은 목소리.

그녀가 나에게서 멀어지려 함을 느낀다.

나는 아무것도 할 수 없다.

제기랄.

나는 아무것도 할 수 없는 병신 같은 존재다.

-12.02.08.

눈이 제법 쌓인 거리는 나의 기분을 더욱 엿같이 만들었다.

이유라도 듣고 싶다며 그녀 집 앞까지 찾아가 직접 만나 재차 이별 이야기를 듣자니 나의 정신상태가 온전할 수 없었다. 그녀 집 근처 카페에서 만나 진심을 다하여 상대방을 설득했다. 하지만, 그녀는 내 눈을 계속 피했다. 더 이상 나는 어떤 이야기도 할 수 없었다. 절박했다. 진실한 마음, 그러한 감정만으로는 아무것도 변하지 않았다. 그녀는 내가 선물했던 것들 전부를 쇼핑백에 담아 가져왔다. 하지만 이것만은 내 뜻대로 하겠다며 거절했다.

집으로 돌아오는 길은 지하철을 이용했는데, 앉아서 웃고 떠들며 있는 사람들을 전부 죽여 버리고 싶다는 생각이 들었다. 파괴적인 심리가 나를 가득 채우고 있다는 것을 느낀다.

어제는 술에 만취한 상태로 홍대 클럽에 가서 데킬라를 진탕 마시다가 흑인들과 대판 싸웠다.

싸웠던 기억은 중간에 조금씩 기억이 나지 않았고, 남아있는 그 틈새의 기억 그마저도 흐릿했다. 하지만 지금 상황에서 그런 것쯤이야 별로 중요하지도 않았다. 아침에는 술에 취해 길바닥에서 잠도 잤다. 잠깐 잠이 들었는지, 어느 골목길에서 눈을 떴을 때, 발가락이 심하게 얼어서 걷는 것이 불편했다. 지갑도 잃어버렸고, 주머니에 남아있는 천 원짜리 몇 장이 전부였다. 아무 버스나 타고 이동했다. 창밖을 바라보니 이유 없이 눈물만 흘렀다. 그러다 소리 내어 울었고, 잠시 잠이 들었다가, 또 깨어서 울다가를 반복했다.

나는 더 이상 아무것도 할 수 없다. 이대로 끝임을 느낀다. 더 이상 이 삶에 미련이 없다.

-12.02.12.

정신과 의사 앞에 작정하고 다시 앉았다. 며칠 전 나의 의지와 상관없이 얼어붙은 강가까지 걸어간 다음 그 앞에 슬리퍼를 던져놓은 채 맥주를 마시며, 나의 한 가지 분열된 정신이라 믿고 싶은, 누군가를 순수하게 사랑할 수 있었던, 그 모습을 죽이고 돌아온 이야기는 하지 않으려 작정했었다. 그러나 그러지는 못했다. 내 모든 이야기와 삶은 그녀로부터 시작해 그녀에서 끝이 났기 때문이다.

그는 여전히 교육받은 것처럼 나를 다루었다.

더 이상은 약물치료가 불가능할 것 같다는 말과 인지행동 치료를 병행하자는 의견과 함께 말이다.

그의 말은 전부 이해했지만, 나는 더 이상 이야기하지 않았다. 사실상 아직도 치료를 거부하고 있는 내 자신의 의지가 강하게 느껴졌다.

그녀와 함께할 때에는 복용 중이던 신경안정제가 더 이상 필요하지 않을 것 같다고 판단했기에 그것들을 고의적으로 전부 버렸다는 사실도 말했다. 하지만 그는 조금은 귀찮다는 표정을 들키지 않으려 노력하며, 너무나도 사무적인 방식으로 컴퓨터를 통하여 처방전 속 약품들의 이름을 입력했다. 그리고 증세가 더욱 심각해지면 다시 찾아오라는 말만 던졌을 뿐이다.

내 앞에 앉아있는 그가 원인이 될 수는 없다. 다만 이곳에서 느껴지는 슬픔은, 그녀와 함께했을 때 세상 모든 것에 자신 있었던 나 자신의 모습을 잃어가는 것이다.

나는 세상과 소통하길 거부할 것이다. 언젠가는 발작증상과 그녀가 내 곁에 없을 때의 아픔을 비교하고 싶다. 그러다 보면, 점점 심해지는 고통 속에 묻혀 상대가 멀어지는 것을 느낄 수 있을 것이다.

그렇게 시간은 흐르고, 그녀가 흐릿해지는 날에 처방받은 약을 다시 꺼내어 볼지도 모른다.

-12.02.16.

말로는 설명할 수 없는 고통이 너무 두렵다. 그리고 이해할 수 없는 이 감정에 더욱 분노를 느낀다. 그녀와 이별한 후로는 숨을 쉬는 것조차 어려워졌다. 마음이 아플 뿐인데, 물리적인 고통이 온다는 것도 납득이 가지 않는다. 숨을 들이마실 때마다 가슴 윗부분이 턱 막히는 것 같았고, 그 아랫부분을 날카롭고 두꺼운 무언가로 강하게 찌르는 느낌이었다. 또, 숨 쉬는 것을 반복하면서 그 고통은 더욱 강해졌다.

그렇게 종일 보내다 보면, 끝내는 지쳐 눈물이 멈췄다. 그러다 다시 우리가 했었던 약속들, 그리고 서로의 이야기들 전부 하나씩 꺼내어 상기해보면, 또다시 눈물이 흘렀다. 그리고 다시 통증이 찾아온다.

이 순간에도 나 혼자 다짐을 해본다.

나는 지속적으로 이 고통을 유지할 것이다. 그렇게 나만의 방식으로 그녀를 생각하리다. 나는 내가 할 수 있는 최선으로 그녀를 잊지 않겠다고 다짐한다.

요즘 내가, 종일 하는 일이라고는 침대에 웅크리고 앉거나 누워있는 것이다. 술을 꺼내서 마시고, 일기를 쓰거나, 그녀와 주고받던 문자를 처음부터 읽는 것을 반복한다. 너무 좋다. 그녀는 참 잘 웃었던 것 같다. 주고받은 편지도 전부 읽어본다. 그때는 느끼지 못했던 것들도 지속적으로 반복하다 보면, 조금씩 더 선명하게 보인다. 그러다 노트를 꺼내어 우리가 주고받았던 말, 행동들을 아무 곳에나 기록한다. 그리고 눈을 감고 그때를 떠올린다.

점차 이런 행동의 반복은, 빠르게 진행되었다. 수면은 여전히 깊지 못했지만, 아주 얕은 잠도 선명한 꿈을 꾸곤 했다. 그렇게라도 나는, 여러 형태로 그녀와 만날 수 있었다. 하지만 끝은 늘 좋지 않았다. 내 꿈속에 마지막 장면의 대부분은 그녀의 뒷모습이었다. 어쩌다 한번은 함께 침대에 누워 서로를 바라보며 잠에서 깨었는데, 혹시라도 그 꿈으로 다시 갈 수 있을까, 억지로 잠을 자려고 노력했었다. 몇 번은 성공했지만, 다른 꿈으로 이어지는 경우도 많았다.

여러 번 수면에 도전하는 것도 쉽지 않았다. 정상적인 사고로 무언가를 판단하는 것도 불가능했다. 그저 잠드는 것이 불편하면, 계속 위스키를 마셨고, 가끔은 헛구역질을 하거나, 그러다 머리가 너무 아프면 수면제를 복용했다. 이런 상황들을 반복하다 보니, 지쳐 쓰러져 잠이 들었다. 심지어, 그러한 순간조차 무의식 속에서 그녀와 만나기를 간절하게 바랐다. 다행하게도, 내 바람처럼 나는 대부분의 꿈에서 그녀와 만날 수 있었다. 그러나 그녀와 헤어지는 꿈을 꾸게 될 때면, 비명을 지르며 꿈에서 깨었다.

부모님과 크게 싸웠다. 지금 내 행동에 그들은 불만이 많다. 나도 더 이상은 그들이 원하는 방식으로 살아갈 자신이 없었다. 세상에 더 이상 어떠한 의미를 두는 행위 따위는 그만두기로 했다. 미국에는 가지 않겠다고 통보했다. 아버지라는 사람은 오늘따라 화를 무척이나 많이 냈는데, 나 또한 더 이상은 고분고분하게 그들의 이야기를 들어주지 않았다. 그리고 그들과 인연을 끊겠다는 말도 서슴없이 했다. 다른 방향에서 화를 냈던 덕분인지, 숨 쉴 때마다 찾아오던 고통은 잠시 멈추었다. 그런 현실에 더 화가 났다. 다시 그녀를 잊지 않기 위해 술을 마시고 침대로 향했다.

그렇게 상대방을 생각하다 보면 고통은 빠르게 나를 찾아왔다. 눈물은 빠르게 그 뒤를 이었고, 나는 다시 나만의 방식으로 상대를 그리워했다. 만족했다. 꿈에서라도 만나기 위하여, 그리고 이 고통을 지속하기 위하여, 지금의 생활을 유지하고 있다.

이 거짓 같은 세상에서 유일하게 내가 살아갈 수 있는 방법이었다.

얼마나 지났을까. 날짜와 시간을 가늠할 수 없어졌다. 침대 밑 비어있는 위스키병을 보면서, 그나마 얼마만큼의 고통을 지속했나 생각이 들었다. 가끔은 누군가 방문을 두드렸는데, 전부 무시했다. 배가 고팠다. 며칠째 아무것도 먹지 않고 술만 마셨던 덕분인지, 헛구역질이 계속 나왔다. 갈증이 심했지만 그럴 때마다 위스키를 한 모금 입에 넣고, 토닉워터를 마셨다. 하지만 아직은 술이 넉넉했다. 그 사실만으로 충분히 현실적인 것들을 위안 삼을 수 있었다.

생각하는 시간이 더 필요했다. 내가 당장에라도 이 방에서 나가게 된다면, 내가 이곳에서 그녀를 품고 있던 모든 것들 중 하나가, 방문을 열면서 새어나가는 공기와 함께 빠져나가 버릴지도 모른다는 생각이 들었다.

나는 이런 말 같지도 않은 방식으로나마, 최대한 그녀에 관한 것들을 간직하고 싶었다.

그녀의 얼굴이 기억나지 않는다. 우리가 함께했던 추억들을 다시 되돌리기 위해 상상을 하면, 필름에 물이 묻어 흐리게 나오는 사진처럼 상대의 모습이 생각났다. 머리가 자주 아팠다. 헛구역질에 자주 시달렸는데, 그것이 아주 심해져 횟수가 잦아지다 보면, 머리에 피가 쏠리고, 어지럽고, 눈물이 앞을 가렸다. 그렇게 눈물이 고인 상태로 바라보는 내 방 천장처럼, 내가 그녀와 기억하고 싶었던 것들은, 비슷한 모습으로 뿌옇게 비추어지는 것을 알 수 있었다.

휴대폰을 충전했다. 출처를 알 수 없는 메시지가 여럿 와있었다. 날짜와 시간을 알 수 있었다. 하지만 내가 언제까지 그것들을 인지하고 살았는지 그리고 무엇부터 읽어야 하는지 잘 몰랐다. 혹시라도 그녀가 자신이 했던 결정은 잘못된 것이라며, 우리가 다시 함께 행복했으면 좋겠다는 그런 메시지가 있기를 간절히 바라던 마음도 있었다.

그녀에게 연락은 오지 않았다. 다만, 함께 여행했을 때 촬영했던 동영상을 반복해서 보았다. 2분 정도의 짧은 영상인데, 재생 버튼을 누르자마자 눈물이 흘러나왔다. 몇 번이나 그것을 보았는지 모르겠다. 하지만, 덕분에 그녀 얼굴이 다시 기억이 났다.

이제 꿈속으로 가야겠다. 오늘만큼은 조금 더 현실처럼 보일 것이다.

-12.02.24.

서울역에서 기차를 타고 출발하여 오산역에서 내렸다. 이른 아침부터 아버지가 방문을 따고 들어와 소리를 지르며 난동을 피우던 덕분에, 대충 짐을 꾸려 밖으로 나왔다. 술이 깨지 않은 상태라 어지러웠고, 밖은 아직 상당히 추웠다. 옷은 두껍게 입었지만, 맨발에 슬리퍼 차림이었다. 처음에는 경황이 없어 춥다는 느낌을 잘 못 받았는데, 서울역에 도착하니, 발이 무척 시렸다. 그 때문에 편의점에서 양말을 몇 켤레 구입했다.

오산으로 향했던 특별한 이유는 없었다. 그저 가장 빠르게 출발하는 기차표를 샀고, 이쯤이면 충분히 멀리 왔다는 느낌이 들어 내렸던 것 같다. 처음 보는 환경이 낯설었다. 개발이 하나도 안 된, 시골 그 자체의 모습. 거기다 역 주변에는 온통 노점들뿐이었다. 배가 고팠다. 포장마차가 아주 많았는데, 거리낌 없이 그곳으로 들어가 분식들을 이것저것 주문하고는 곧장 맥주부터 달라는 말부터 했다. 목이 말랐던 탓에 성급하게 맥주를 병째로 마셨는데, 얼마 지나지 않아 안주 삼아 먹던 음식도 별로 먹지 못하고는 헛구역질을 하다 전부 토해냈다.

계산을 하는데 카드가 안 된다며 현금을 찾아오라고 했다. 현금 인출기의 위치를 묻고 그곳으로 가려 하니, 가방을 맡기고 가라는 말에 대꾸하지 않고 그냥 나왔다. 그랬더니, 포장마차 주인은 끝까지 내 뒤를 따라왔다. 걸어서 2분 거리 현금 인출기에서 돈을 뽑아 만 원권 지폐 한 장을 주면서, 뒤도 안 돌아보고 대꾸조차 하지 않은 채 다른 곳으로 갔다.

역에서 조금 걷다 보니 허름한 모텔이 보였다. 하루 숙박비용이 4만 원인데 열흘 묵겠다고 하니 하루 만 원씩을 빼주는 대신 방값을 한 번에 지불하라는 말을 했다. 번거롭게도 다시 현금인출기에 다녀와야 했다.

방은 아주 좁았고, 퀴퀴한 냄새가 코를 찔렀다. 컴퓨터가 한 대 있었고,

채널과 음향 버튼이 있는 낡은 TV가 있었다. 온도는 충분히 따뜻했다. 현관문이 특이하게도 열고 닫을 때, 바닥에 긁혀서 요란한 소리를 냈다.

풀어놓을 짐은 딱히 없었다. 가방에 무얼 싸 왔는지도 잘 기억나지 않았다. 그보다 일단 밖으로 나가 가장 가까운 편의점으로 향해 술을 샀다. 전부 다 들고 올 수 없을 만큼 구입을 했는데, 편의점 주인이 배달은 안 된다며 인상을 썼다. 하는 수 없이 여러 번 방을 오갔다. 최근 움직임이 너무 적었던 탓인지 정말 힘이 들었다. 세 번 정도, 그 짓거리를 끝내고 나니 온몸은 땀으로 범벅이 되었다.

방으로 돌아와 바로 침대에 누웠다. 이곳에 온 이유는 무엇일까. 그녀는 잘 지내고 있을까? 또 두통이 찾아왔다. 얼마나 씻지 않았는지 겉모습도 추해졌다. 일단은 샤워를 하고, 술을 마셔야겠다.

-12.02.29.

이곳의 장점은 유일하게 그녀만을 생각할 수 있는 공간이 되었다는 것이다. 〈never felt this way〉를 반복해서 들었다. 하루 종일 이 음악만을 반복해서 재생했다.

지금은 오로지 그녀에게 관한 것들에 집중할 수 있다. 나무로 만들어진 안쪽 창문을 열지 않으면, 이곳은 햇볕이 전혀 들어오지 않았다. 그것이 나를 조금 더 편안하게 만들었다. 음악을 듣기 위해 휴대폰을 늘 켜놨는데, 중간에 문자나 통화가 오는 바람에 종종 노래가 끊어지곤 했었다. 가끔 선잠에라도 들다가 그런 불규칙적인 무언가 때문에 잠에서 깨곤 했다.

은행, 카드, 기타 자동이체 미납요금 메시지가 자주 왔다. 주거래 통장에서 자동이체 통장으로 이체만 시키면 되는 것인데, 그마저도 의욕이 없었다. 이미 신용등급에 많은 지장이 생겼을 테지만, 이제 더 이상 그딴 것들은 나에게 중요하지 않은 것들이 되었다.

메일을 자주 열어보았다. 혹시 그녀에게 연락이 오지 않았을까 하는 기대감도 늘 있었다. 새로 고침을 버튼을 수시로 눌렀다. 카카오톡을 통하여 상대방 상태를 지속적으로 보았다가, 지웠다가를 반복했다. 혹시라도 내가 보기 싫은 것들이 보일까 봐 두려웠다.

요즘 내 일과는 전부 이런 일들의 반복이다.

그녀에게 계속하여 편지를 쓰고 있지만, 보내지 않았다. 그녀가 보고 싶다.

-12.03.06.

며칠 만에 모텔 밖으로 외출을 했다. 햇볕이 너무 눈이 부셔 어지러웠는지, 계단 앞에서 머리를 숙인 상태로 오랫동안 쭈그리고 앉아있었다. 눈도 따갑고 밖은 여전히 추웠다. 모텔 슬리퍼를 신고 나왔지만, 신경 쓰지 않고 밖으로 향했던 것 같다.

은행에 가 복잡한 것들부터 해결하려 했지만, 신분증이 보이지 않아 근처 동사무소를 방문해 예비신분증을 만들고는 그것을 이용하여 은행 업무를 보았다. 휴대폰 요금도 자동이체를 시켜놓지 않았기에 미납으로 정지가 되었다. 오늘 외출한 가장 큰 이유였다.

미납된 것들을 전부 정리하고 통장을 정리해 보니, 현금은 생각보다 많이 남아있지는 않았다. 대부분 주식이나 채권 등을 갖고 있기 때문에, 현금으로 바꾸지 않는다면 장기간은 지금처럼의 생활이 어려워질 것 같았다.

곧장 방으로 들어가 침대에 누워, 술을 더 마시고 싶었다. 그러면 다시 꿈속으로 갈 수 있으니깐. 적어도 이런 재미없고 시시콜콜한 현실 세상의 일 따위는 생각하지 않아도 되니깐.

통장에 남아있는 현금을 전부 인출하고, 카드와 통장을 전부 찢어 쓰레기통으로 넣어버렸다. 이후로는 내가 누렸던 것들 전부와 작별해야겠다는 다짐을 했다. 내가 배워왔던 모든 것들도 사용하지 않기로 했다. 어차피 그것들은 사회에서 만든, 그저 자기들끼리의 합리점에 불과하니깐. 난 그것으로 하여금 매번 뒤처져본 기억이 없음에도, 지금처럼의 실패한 인생을 살고 있으니깐. 그래서 나는 그 모든 것들을 과감하게 버리기로 마음먹었다.

그리고 부디 조금만 더, 나에게 지금과 같은 시간을 연장하고 싶은 바람뿐이었다.

조금만 더, 꿈속에서 살고 싶다.

-12.03.09.

종종 바깥 구경을 하고 있다. 그렇지만, 술을 사러 나간다든지, 끼니를 때우러 주변 식당으로 가는 것이 전부였다. 그리고 가끔은 주변의 늦은 밤거리를 돌아보곤 했다.

술에 취해 지쳐 쓰러졌다 잠에서 깨면, 대부분 늦은 새벽이었다. 어제는 새벽 두 시 정도에 잠에서 깨었는데, 술이 전부 떨어져 밖으로 나갔었다. 이곳 새벽의 거리는 늘 고요했다. 빠알간 불빛이 밖으로 비치고, 민박이라는 간판으로 장사를 하고 있었다. 화장기 진한 얼굴의 중년 여성들이 손짓을 하는 것으로 보아, 윤락업소 같았다. 애써 눈을 마주치지 않으려 노력하면서 편의점으로 향했다.

캔 맥주를 봉투에 한가득 담아 계산하고 밖으로 나오는 도중에, 거리를 조금 걷고 싶은 마음이 생겼다. 발이 무척 시렸지만 참아보기로 했다. 주변 공터 방향으로 산책을 했다. 매일 대부분을 누워서 생활했던 덕분인지, 걷는 것이 어색했다. 나도 모르게 한쪽 다리를 조금 절었다. 통증이 종종 찾아오곤 했는데, 신경 쓰지 않기로 했다. 길을 걷다 허전해서 봉투에서 캔맥주를 꺼내어 마시면서 걸었다. 숨을 쉴 때마다 나 자신에게서 술 냄새가 많이 나는 것이 느껴졌지만, 그 틈으로 새벽 공기가 좋다는 것도 느낄 수 있었다.

공터에 앉아 한참 동안 맥주를 마셨다. 그러다 아무 생각 없이 그대로 누워버렸는데, 하늘에는 별들이 촘촘하게 빈자리가 보이지 않을 정도로 가득 빛나고 있는 것이 보였다. 서울에서는 보기 힘든 광경이었다.

나는 지율에게 별자리 이야기를 자주 해줬다. 카시오페아 자리부터 오리온 별자리 이야기도 많이 했었다. 개인적으로, 겨울에서 여름으로 넘어가는 계절들을 좋아했다. 롱펠로우의 시 〈오리온의 엄폐〉도 이야기했다. 맞다, 그 시는 다시 한번 생각해보니, 참 잔인했던 것 같다. 하지만 그 때는 저 하늘이 왜 그렇게도 아름다워 보였을까?

아름답다고 이야기하기에는, 그 아름다움이 누군가에게는 지독하게 빠져나가고 싶은 현실일지도 모른다는 생각이 문득 스쳤다.

-12.03.14.

K에게 메일이 왔다. 여러 장의 사진을 첨부하여 보냈는데, 대부분 자신이 마시고 있는 술 사진이었고, 다른 사람들과 함께 찍은 사진도 간혹 보였다.

뉴욕에서만 줄곧 생활하는 것으로 알고 있었는데, 사진을 보아하니 한국으로 돌아온 것 같았다.

나도 곧장 답장을 했다. 거짓말을 하는 것이 싫었기에, 자세한 내 이야기는 삼가도록 했다. 아무 탈 없이 잘 지내고 있다는 말투로 돌려 작성했다. 그러다 보니 별로 할 이야기도 없었다. 지금 내가 그에게 어떤 말을 하든지, 대부분은 거짓말로 시작하여 거짓말로 끝날 것이 뻔했기 때문이다.

또한, 그에게 어떠한 짐이 되고 싶지 않았다. 내 주변인에게 좋은 일로 하여금 무언가 해야 한다면, 어려움 없이 그것들을 생각할 것이다. 그러나 그 반대의 경우들은 애초부터 만들고 싶지 않았다.

K는 충분히 행복해 보인다. 나도 그처럼 행복해질 수 있을까?

-12.03.22.

모텔 근처 순대국밥 집에서 TV를 보며 국밥을 먹었다. 매일 맥주만 마시다가 막걸리를 한 병 주문해 마셔보니 입안이 많이 텁텁했다. 이제는 술에 취하지 않는다. 사실, 술에 취한 상태와 그렇지 않은 상태의 기준이 사라졌다는 것이 조금 더 명확한 표현이라고 생각한다. 나 자신의 상태를 세심히 살피려고 해도 상당히 둔해졌다. 한쪽 다리를 조금 더 절게 되었다. 별다른 이유 없이 시작된 통증이 멈추지 않고 꾸준히 악화되고 있는 것 같았다. 그래도 술을 많이 마시면 통증은 잊게 된다.

식당 테이블 위에 놓인 신문은 깔끔하게 그대로 접혀있는 것으로 보아서는, 아무도 손대지 않았던 것 같았다. 참으로 신기했던 것은, 그동안 모텔방 안에서 지내는 동안에는 세상이 어떠한 방식으로 돌아가는지 모르고 살았다는 것이다. 매일 이러한 정보들을 접하고, 그것들로 하여금 발생하는 것들을 오랫동안 다루며 살아왔다. 그리고 늘 그것들을 하루라도 거르게 된다면 무슨 큰일이라도 난 것처럼 행동하며 살아온 내 삶이, 후회라는 감정보다는 그저 우스운 그런 모습으로 느껴지고 있었다. 하필 그것도 순대국밥 집에서, 대낮에, 막걸리 잔을 들고 있는 상태로….

요즘은 숨 쉬는 것이 한결 편해졌다. 숨 쉴 때마다, 나를 찌르던 그 물리적인 고통이 점차 작아지고 있었다. 처음에는 이 고통에서 벗어난다면 그녀를 잊을까 두렵다는 생각으로, 다른 것들로 하여금 상대방을 불러들였다. 예로 하자면 같이했던 무언가를 상상한다든지, 사진을 본다든지, 주고받던 편지를 읽는다든지, 그녀에게 상징적인 것들을 전부 끼워 맞추다 보니 이제는 무엇을 보아도 점차 그 고통이 작아지고 있다는 것을 느끼고 있다.

하지만 나는 나만의 방식으로 그녀를 기억하려 다짐한다.

-12.03.25.

일거리를 찾아보고 있다. 아직 생활비가 부족하지는 않지만, 지금과 비슷한 패턴을 지속한다면 갑작스럽게 돈이 부족한 상태가 올 것 같았다. 식당 근처 배치된 신문의 구인구직란을 보거나, 방에 들어와 인터넷을 열람했다. 번역이나, 자료정리 같은 일들이 생각보다 간편하고 시급이 높은 편이었지만, 내가 배워온 것들을 사용하지 않기로 했던 다짐이 생각났다.

결국은 일용직 근무를 찾았다. 다른 일자리에 비하여 일급이 높은 편에 속했다. 단순하게 몸은 힘들지만, 특별하게 어려울 것 없는 그런 일이라 생각했다. 어차피 이런 일용직 일 따위, 아무나 할 수 있는 그런 직업이다.

몸이 힘든 것도 나쁘지 않겠다는 생각을 했다. 아주 힘이 들 때마다, 그리워하는 대상을 생각해 보는 것도 좋은 경험이 될 것 같다는 생각이 스쳤다.

연락을 해보니 다음 날부터 바로 일을 하자는 것이었다. 보통은 일자리 중개 업체를 통하여 구하는 것이 대부분인데, 하필이면 내가 연락한 곳은 소형 빌라 건축 현장에서 직접 일용직 근무자를 구하고 있던 것이었다.

꼭 나오라는 말을 반복하며, 차를 타는 위치와 시간을 알려주었다.

저녁밥을 평소보다 조금 빠른 시간에 먹고, 방으로 들어와 술은 조금만 마셨다.

-12.03.28.

일을 시작하고, 몇 시간 지나지 않아 감독관에게 나가달라는 말을 들었다. 몸도 성치 않은 것 같다며 나를 걱정하는 말투로 이야기했지만, 결국에는 나를 쫓아내면서 크게 소란을 피우지 않기 위한 방법이었던 것 같다.

덕분에 조금 일찍 모텔로 돌아왔다. 오랜만에 아침 일찍부터 일어났던 탓인지, 고작 맥주 몇 병에 잠시나마 잠이 들었다. 조금 깊게 잠이 들었는지, 평소보다 꿈이 선명했다.

우리는 속초 바다에 있었다. 겨울 바다 해변에는 우리 둘만 있었다. 그녀가 직접 뜨개질로 떠 주었던 목도리 두르고, 해변을 걸었다. 우리는 꼭 붙어 서로의 곁에서 떨어지지 않았다. 그러다 해변 모래가 자꾸 발에 걸렸다, 신발 속으로 모래가 침범했고, 이내 신발 속은 모래로 가득 찼다. 점차 발걸음은 무거워졌고, 걷는 속도가 느려졌다. 그렇게 그녀와 조금씩 멀어졌는데, 다급한 나머지 나는 뛰어가 그녀 어깨를 잡았더니, 베개를 손에 꽉 쥔 상태로 잠에서 깨었다. 방 안에는 〈never felt this way〉가 흘러나오고 있었고, 나는 또 한없이 눈물을 흘려야만 했다.

요즘 그녀가 꿈에 자주 나오지 않았다. 그랬던 이유 덕분인지, 오늘은 더욱 반가웠다.

-12.03.29.

다른 일자리를 구하기 위하여 직업소개소를 찾았다. 용모를 조금이나마 단정히 하라는 지적을 받았다. 취업에 필요하다는 이력서를 작성했다. 학력을 기입하는 자리에는, 어렴풋이 이름이나 알고 있는 학교의 명칭들을 고등학교까지만 적어 제출했다. 자격증이니, 경력이니 아무것도 적을 필요가 없었다. 학부 시절에는 수많은 레쥬메와 에세이를 작성해 봤지만, 이렇게 간단하고 성의 없는 이력서는 처음이었다.

아무튼, 그곳의 담당자라는 사람이 시킨 대로 집으로 돌아가 연락을 기다리는 것만 남아있었다. 집이라고 해봤자 열흘에 삼십만 원짜리 허름한 모텔방이지만, 이제는 이곳이 제법 익숙해졌다. 점차 이곳이 마음에 들었다. 특히 창문을 닫아놓으면, 밤낮을 알기 힘들 정도로 하루 종일 캄캄한 것이 가장 좋았다. 〈never felt this way〉는 항상 틀어 놓았다. 잠에서 깨어날 때면, 이 음악을 듣고 더 이상 꿈이 아니라는 것을 알게 되었다.

술을 너무 많이 마셨던 탓인지, 어느 순간부터 손이 조금씩 떨렸다. 글자를 써야 할 때를 제외하고는 크게 불편함은 없었다.

-12.04.03.

얼마 전부터 직업소개소를 통하여, 공장에서 일을 하게 되었다. 지금 지내는 모텔에서 도보와 버스를 이용해 1시간 30분이 소요되는 위치에 있었다. 처음에는 40분 거리라며 소개받았지만, 그 직업소개소 소장이라는 녀석은 뻥이 심한 것 같았다.

공장에서 내가 하는 일은, 커다란 유리판을 받아 지정된 기계로 옮기는 일이었다. 조금이라도 틀어지면 안 된다며 많은 주의를 받았다. 처음에는 간단한 일이라고 생각했지만, 기계에 유리판을 올리는 것이 아주 조금 삐뚤어졌는지, 불량이 심하다며 조장이라는 녀석에게 주의를 받았다.

반복된 일을 한 시간 꼬박 하다 보면, 평소에는 생각하지 못했던 것들을 잡념을 통하여 하게 된다. 내가 근무하던 금융 계열에서는 있을 수 없는 일이었지만, 이 직업의 특성은 대부분 근로자들이 시간을 때우려 한다는 것이었다. 그 대신 보수가 터무니없을 정도로 많이 낮았다.

나는 하루 중 오전 조에 근무를 했다. 보통 주간과 야간을 교대로 근무를 해야 하는 형태였는데, 직업소개소 소장이 특별히 힘을 썼다며 자신에게 고마워하라는 말을 했다. 하지만 그 자식이 하는 말은 대부분 믿지 않겠다고 다짐했던 후였다.

한 시간의 고된 업무가 끝나면, 10분 정도 휴식이 주어진다. 대부분의 사람들은 그 10분을 이용해 그 자리에 앉아 쉬거나, 담배를 피우러 밖으로 나갔다. 꼬박 쉬지 않고, 서 있는 상태로 일을 했던 덕분에 우측 발목의 통증은 갈수록 심해졌다. 되도록 밖에서 담배를 피우기보다는, 쉬는 시간은 지정된 자리에서 앉아 책을 읽었다.

퇴근 시간은 6시였다. 나름 이곳의 퇴근 시간은 일정했다. 야근은, 선택하는 사람만 하는 일정이었다. 자신이 어떤 일을 어디까지 했는지는 중요하지 않았고, 근로 시간이 끝나면 모든 것을 멈추고 퇴근을 했다. 내 다음 교대를 하는 인원이 내가 하던 업무를 해야 하는 방식이었다.

일정을 끝내면, 모텔 근처 국밥집이나 포장마차에서 저녁 식사를 하면서 술을 마시고 들어왔다. 그렇게 돌아오면, 대부분은 오후 10시가 조금 넘었다. 방으로 돌아오면 곧장 씻고, 빨래를 처리하거나, 책을 읽었다. 보통 책을 읽으면 페이지를 얼마 넘기지 못하고 잠에 들었는데, 앞으로는 이렇게나마 일기를 쓰는 것이 좋겠다는 생각을 했다. 책은 어차피 공장에서도 쉬는 시간을 활용하여 충분히 읽을 수 있다.

-12.04.11.

점차 이곳의 생활이 익숙해지고 있는 것 같았다. 출근을 하는 시간에는 알람 없이 자동으로 눈이 떠졌고, 버스를 타는 것도 제법 익숙해졌다. 퇴근 후에는 늘 식사를 하며 술을 마셨고, 방으로 들어오면 대부분은 곧장 잠이 들었다. 몸이 고단한 덕분인지, 수면장애 현상이나 그에 동반하는 기타 증상들은 나타나지 않았다. 하지만 여전히 손 떨림과 발목 통증은 멈추지 않았으며, 지속적으로 조금씩 악화되고 있었다.

일과 중, 쉬는 시간이면 담배를 태우러 자주 나갔다. 그곳에는 자기들끼리 서로 어울리는 무리가 몇 있었는데, 그들 대부분은 작업 조장에게 좋게 보이려고 서로가 얼마만큼이나 열심히 일을 하는가를 설명했다. 가끔은 조장이라는 녀석이 나에게 말을 걸어왔는데, 나는 단답형의 간단한 대답만 하니 그는 서서히 나에게 싫어하는 내색을 했다.

가끔 쉬는 시간에 책을 읽을 때면 귀찮게 말을 거는 녀석이 하나 있는데, 자기도 책 읽기를 좋아한다며 종종 이야기를 나누자는 것이었다. 하지만 그의 말들 대부분도 무시했다. 어차피 책 속 이야기 대부분은 거짓임이 틀림없다. 그럼에도 내가 지속해서 이것들을 읽는 이유는 세상에 대한 거짓을 얼마만큼이나 그럴싸하게 표현해 놓았는지, 그리고 그 글을 쓰는 작가라는 인간들은 어떤 거짓을, 어떠한 방식으로 표현하고 있는가를 조금 더 감상하고 싶은 것뿐이다. 상대가 거짓을 말하고 있다는 것을 알고 있는 상태로 그 이야기를 계속 듣는 느낌은, 잔인하지만 아주 재미있기 때문이다. 더 이상의 소통은 필요 없고, 일방적인 무시를 할 수 있는 방식이기 때문이다.

내일 저녁에는 신입자 환영회 겸 회식이 있다며, 전원 참석을 하라는 통보를 받았다. 조장에게 참석을 불참하겠다는 이야기를 했지만, 같이 일하는 사람들의 얼굴과 이름도 익히는 차원에서 참여하라는 억지를 들었다. 마음에 들지 않았지만, 마지못해 한 번 정도는 참석하기로 했다.

퇴근 후, 방으로 돌아와 메일을 로그인했다. 동생이 전송한 메시지가 있었다. 가족들 모두가 걱정하고 있다며, 돌아오지 않더라도 안부를 적어달라는 내용 같았다. 답장을 하지 않았다. 메일 확인 여부가 체크되는 순간부터, 자연적으로 안부는 알게 될 것이 뻔했다. 애써 쓸모없는 이야깃거리를 만들고 싶지 않았다.

역시나 그녀에게 온 메일은 없었다. 요즘은 주고받던 것들을 아무리 읽어도, 사진을 보아도 눈물이 나오지 않는다. 조금씩 마음이 변하는 것도 느껴진다. 이제는 그녀가 밉다.

술에 많이 취할수록 정신을 바르게 차리려 노력하고 있다. 몇 번이나 장문의 메일을 보내려고 작성했지만, 그럴 때마다 정신을 차리고 인터넷 창을 전부 닫거나, 컴퓨터 전원 버튼을 눌러 강제로 종료했다. 요즘은 아주 커다란 아픔보다는, 무언가 마음이 아래로 뚝 떨어지는 그런 느낌이다. 생활하고 살아가는 것에 조금 덜 지장을 주는 것 같지만, 이 감정은 끝까지 떨어지지 않을 것 같은, 말로 표현할 수 없는, 무언가 걸리적거리는 감정 같았다. 해결할 수 없는 이 느낌이 낯설지만, 이내 그 감정으로 하여금 그녀가 포함되어 있다는 생각에 그나마 위안하고 있다.

-12.04.27.

정말 마음에 들지 않는 집단들과 같은 곳에 있다는 것이, 이렇게나 귀찮고 짜증 나는 것인지 몰랐다.

이곳에서 이야기하는 회식은 개인당 2만 원의 회비를 지불하여 모은 금액으로 자리를 만든다. 회사에서 인정하는 공식적인 회식은, 별도로 없는 것 같았다. 큰돈은 아니었지만, 사비를 지불하면서까지 이들과 함께하고 싶지는 않았다.

아무튼, 이미 벌어진 일이니 그러려니 하고 식사를 하며 술이나 실컷 마시고 가야겠다는 생각으로 자리에 있었지만, 서로가 잘났다고 떠들고 있는 그 모습이 너무 우습게 보였다.

2차로 노래방을 가자며 도우미 아가씨가 많은 곳을 알고 있다는 말을 꺼낸 사람은, 오늘 가장 많이 자기 자랑을 하던 녀석이었다. 술을 많이 마셔서 집으로 가야겠다며 적당한 핑계를 만들어 자리를 빠져나왔다. 조장은 나에게 이런 회식 자리도 업무의 연장이라며, 앞으로는 끝까지 남아 모두와 어울리라는 이야기를 꺼냈다. 웃기지도 않았다.

그 무리들에게서 빠져나오니, 막상 모텔로 돌아가야 하는 길을 몰랐다. 주변이 익숙하지 않았던 덕분에 이곳저곳 제법 돌아다녔던 것 같다. 결국에는 길 찾기를 포기하고 택시를 이용하기로 생각하고 큰길을 찾았다. 그러다 큰길에 놓인 공중전화 박스가 보였다. 서울에서는 보기 드문 공중전화 박스가 이곳에는 꽤나 있었던 것 같다. 평소에는 신경 쓰지 않는 것들은 잘 보이지 않는다는 것을 이제야 다시 한번 새삼 느끼게 되었다.

공중전화기 앞을 오랫동안 맴돌았다. 마침 주머니에 동전이 조금 있었는데, 나도 모르게 내 의지와는 상관없이 그녀에게 전화를 걸었다. 머뭇거리지 않고 전화번호를 외우고 있다는 것에서 이상한 느낌이 들었다.

하지만, 그녀는 전화를 받지 않았다. 무슨 생각에서인지 다시 한번 전화를 걸었더니 그제야 전화를 받는 것이었다. “여보세요.”라는 반가운 목소리가 들렸다. 심장이 멈추는 것 같았다. 최근 들어 잠잠해졌던 그 고통이, 다시 강하게 찾아왔다. 이내 다시 한번, 그 말을 반복하더니, 곧장 전화를 끊어버렸다. 미칠 것 같았다. 눈물이 쏟아졌고, 소리 내어 울었다. 다시 한번, 마지막으로 그렇게 그리워했던 그 목소리를 직접 듣고 싶었다. 하지만, 더 이상 전화를 받지 않았다.

한참을 공중전화 박스 앞에 앉아 맥주를 마셨다. 그동안 잠잠해졌던 그 감정들이 다시 나를 힘들게 만들었다. 하지만 나는 이런 아픔이 좋았다. 어떤 이유나 핑계를 만들어서라도 멀어졌다는 생각만큼은 하고 싶지 않았기 때문이다.

-12.04.28.

어젯밤, 전화를 걸었던 이후로는 술을 마시는 것을 제외하고는 아무것도 할 수가 없어졌다. 다행하게도 오늘은 작업이 없는 일요일이다. 그래도 매번 출근하는 시간에 맞추어 잠에서 깨어나는 것이 신기하게도 생각되었다.

또한 잠을 못 자거나, 꿈을 여러 차례 꾸는 것을 예상했지만, 내 예상과는 다르게 자정을 넘기지 못하고 잠에 들었다. 어떠한 심리적 고통도, 육체적 피로와 공유되는 것에는 한계점이 있는 것 같다는 생각이 들었다.

오늘은 종일 기운이 없다. 이유를 알 수 없는 들뜬 마음도 생겨, 메모지에 아무 내용이나 옮겨 적었다. 하지만 기분이 좋지는 않았다. 낙서 내용은 대부분 그녀에 관한 것들이었다.

요즘에는 상대방으로 하여금 과거의 내 행동에 관하여 다시 생각해보는 시간을 갖고 있다.

상대방의 입장에서 다시 한번 생각해보고, 내가 저질렀던 잘못된 말투나 행동들에 관하여 되돌아보는 시간을 갖고 있다. 어느 정도 그런 생각을 지속하다가도, 대부분은 더 이상 소용없는 일이라며, 혼자서 하던 상념을 끝내곤 했다. 하지만 이러한 시간들을 지속하기로 매번 다짐한다. 이런 시간들이 나에게는 가장 중요한 것들이었다.

-12.04.29.

이따금 생활하는 것에 관하여는 제법 안정적으로 변하고 있다. 오전의 일과 시간은 생각보다 빠르게 지나갔다.

점심시간이 지나면, 하루 일과 중 절반이 지났다는 것을 인지하는 형태로, 새로운 시간 개념이 생겨나고 있었다.

요즘 사람들 사이에서 나는 불량인간이라는 별명으로 불린다. 내가 하고 있는 작업 파트에서 불량품이 가장 많이 나오기 때문이다. 그럴 때마다 조장에게 불려가 듣기 싫은 소리를 제법 들어야 했지만, 이제는 그런 시간조차 다른 생각을 하는 방식으로 넘기고 있었다. 어쩌다 한번은, 아주 오랫동안 싫은 소리를 들어야 했었는데, 나도 모르게 그녀와 속초 바다로 여행을 갔던 그날을 생각하다가 무의식적으로 씨익 웃어버리는 사건이 발생했었다. 조장은 나에게 미친놈이라며, 당장 자리로 꺼지라는 말을 했다. 나는 이러한 방법도 나쁘지 않다는 생각을 하게 되었다. 불량인간이라는 별명은 발목 통증이 심해져 다리를 절뚝거리며 걷는 것도 아마 한몫 보탰을 것이다.

쉬는 시간을 이용해 담배를 태우러 밖으로 나갔을 때에는, 대부분 사람들이 나를 피하는 것이 느껴졌다. 잘난 척하기 좋아하던 그 녀석은, 내가 사회생활을 못 해봐서 그런다며 자기가 하는 것처럼만 눈치껏 따라하면 누구에게도 간섭받지 않을 거라는 말 같지도 않은 위로를 던졌다. 이 멍청한 놈이 얼마나 한심한 인간이냐면, 공장에서 일하는 외국인 근로자들에게 짧고 말도 안 되는 한국어가 섞인 영어를 사용하고는 왜 알아듣지 못하냐고 화를 냈었다. 자기는 외국에 가본 적이 있어서 영어가 능숙하다며, 왜 영어 공부를 하지 않았냐는 핀잔도 외국인 노동자들에게 자주 부렸다. 내 개인적인 생각으로는 저 녀석 정도의 영어 실력이라면,

마트에서 초코바를 하나 구입하는 데에도 제법 많은 문제가 생길 거라 예상된다.

조만간 일하는 곳에서 멀지 않은 곳에 원룸을 구해볼까 생각 중이다. 출퇴근 시간도 줄이면서 차비도 절약할 수 있을 것 같았다. 하루 종일을 일하고 받는 월급이라고는 아주 적었다. 하지만 생활하는 데 있어서는 부족함은 없었다. 고작 모텔값이나 식사와 술을 마시는 것으로 사용했지만, 그 외에 별다른 지출이 없기에 절반씩은 모아둘 수 있을 것 같았다.

내일은 시내에 나가볼 생각이다. 일기를 적는 노트도 페이지가 얼마 남지 않았고, 읽을 책들도 구입해야겠다는 생각이 들었다.

-12.05.26.

시내는 생각보다 규모가 작았다. 서점에는 일반적인 소설보다는 참고서나 학생들 교육용으로 사용하는 서적들이 대부분이었다. 그곳의 주인에게 문의해 보았지만, 이곳에서는 필요한 책이 있다면 대부분은 주문을 해서 받아가는 방식으로 도서를 구입한다고 이야기했다.

딱히 도서를 구입하기 위하여 이곳을 다시 오고 싶지는 않았다.

페이지 수가 되도록 많은 스프링노트를 구입했다. 마지막 일기장으로 남기고 싶다는 생각에 조금 더 신중했던 것 같다. 종종 낙서 거리가 생기면 페이지 중간에 낙서를 하고 그것들을 찢어 버리거나, 읽던 책 사이에 끼워두었다. 본래 갖고 있던 습관은 아니었는데, 요즘 들어 이렇게 사용하는 빈도가 높아지는 것 같았다.

진열장에 있는 노란 편지지에 눈길이 많이 갔다. 그녀는 노란색을 좋아했다. 나에게 처음 써주었던 편지도 이런 노란색 편지지였다. 갑자기 슬픔이 몰려왔지만, 이제 이 정도 감정은 참을만한 것이라는 느낌이 들었다. 그만큼 내성이 생긴 것 같았지만, 좀처럼 생각했듯, 이 고통은 지속적으로 괴롭힐 것 같다는 예상을 바꾸지 않았다.

막상 밖으로 나와 보니, 내가 할 수 있는 거라고는 서점 주변을 기웃거리거나, 핸드폰을 만지작거리는 일들이 대부분이었다. 이메일 알람이 있음에도 불구하고, 의미 없는 재확인만 반복할 뿐이었다.

대형마트에 들러, 값이 싼 위스키와 보드카를 구입하고 방으로 돌아왔다. 결국에는 내가 할 수 있는 일이라고는 돈을 쓰고, 물건을 구입하는 행동 외에는 전혀 없었다. 그리고 그러한 것들조차 많은 고민을 하고, 행동했다는 것도, 나를 더욱 초라하게 만들었다.

-12.05.27.

내가 일하고 있는 파트의 조장이 바뀌었다. 이유야 잘 모르겠지만, 최근 들어 매일 싫은 소리만 하는 것이 꼴 보기 싫었는데 마침 잘된 것 같다는 생각을 했다.

새로 온 조장은 말수가 적었다. 필요한 말 외에는 하지 않았고, 휴식 시간에는 작업장을 점검하는 듯해 보였다. 누군가를 지적하기보다는, 잘못된 부분이 있다면 체크를 하고는 공지하는 방식이었다. 그래도 이곳에서 겪어본 인간들 중 가장 합리적인 부분이 많은 인간 같았다.

새로운 조장으로 인하여 또다시 불필요한 회식이 생겼다는 것은 마음에 들지 않았다. 처음 이곳에서 일을 하게 된 후로 지금껏 회식 자리에 두 번 참석했지만, 전부 사비를 모아서 참여해야만 했다. 거기다 하루 일해야 고작 7만 원 정도 급여를 받는 인간들이 회식이 끝나기가 무섭게 노래방에 가서 도우미 아가씨를 불러 노는 것이었다. 하루 종일 서서 일을 하며 받았던 급여를, 한 시간 정도 자기보다 어린 여자들을 옆에 끼워놓고 마이크에 소리를 지르며 전부 탕진하는 것이었다. 보통 이런 부류의 인간들은 어쩔 수 없는 가정환경이나 사회적인 요인으로 인해 더 좋은 삶의 질을 갖지 못한다고 생각을 했었다. 그나마 이들과 간접적인 체험을 해본 결과로 느낀 점이라고는, 이들은 평생을 이러한 방식으로밖에 살아갈 수밖에 없는 생활 습관과 사고를 지니고 있다는 것을 알게 될 뿐이었다.

어찌 되었든, 내일 회식도 좀처럼 일찍 빠져나올 생각으로, 일단은 참여하기로 했다.

-12.06.15.

꿈이 또다시 선명해지고 있다. 처음 그녀와 이별했던 시점과 비슷할 정도의 깊이였다. 이유는 알 수 없지만, 처음과 비슷한 방식의 물리적 고통이 찾아왔다. 이제는 제법 멀어진 것 같았는데, 이렇게 안심하고 지낼 때마다 익숙한 그 통증이 또다시 시작되었다.

이제는 철저하게 독립된 나만의 삶을 개척하고 있었다. 애초부터 갖지 못했던 나만의 것. 그리고 그 독립된 환경 속에서 철저하게, 누군가의 도움 없이, 혼자만의 방식으로 삶을 지속하고 있었다. 적어도 나는, 그동안 누려오던 것들에서만 벗어나면서, 나 혼자만의 힘으로 독립을 했다는 생각을 하는 멍청이는 아니었다. 그 정도로 내 삶이 단순했다면, 지금 지속하고 있는 삶의 방식보다는 더욱 편리하고 쉬운 방법으로 살아가고 있었을 것이다. 나는 알고 있다. 적어도 나 자신은 그런 합리적인 것들에게서 최대한 가까워야 만족한다는 것을. 정말 이렇게나마 처음부터 다시, 새로운 삶을 시작하지 않고서, 예전의 나로서는 더 이상 살아갈 수 없는 인간이라는 것을. 다시, 그 삶으로 돌아가기 위해서는, 그녀 없이는 절대로 불가능하다는 것을. 그래서 나는 이렇게 새로운 사람으로나마 살아갈 수 있다는 것을, 나는 진작 알고 있었던 것 같았다.

외로운 감정과 이별의 고통은 내 신체 일부에 스며들어 있는 것 같았다. 글로 표현하기에는 내 글재주가 많이 부족하지만, 애써 표현하자면, 명치 아랫부분에 무언가 턱 막혀있는 그런 느낌이 있는데, 그 느낌이 외로움 같았고, 그 윗부분으로 숨을 들이마시거나 뱉을 때, 하필이면 그런 시점에 그녀 생각을 할 때면, 가끔 그곳을 콕콕 강하게 찌르는 고통이 생겼는데, 그것은 이별의 고통 같았다.

-12.06.28.

어제는 공장 전체 회식이 있었다. 개별적으로 진행하는 팀원들끼리의 회식이 아닌, 회사에서 정식으로 주관하는 자리였다. 딱히 어울리고 싶은 사람이 있다거나, 그 자리가 재미있지 않기 때문에 오래 있지 않으려 노력했다.

혼자 조용히 맥주를 마시면서 회식 자리가 끝나기를 기다렸다. 생각보다 빠르게 끝이 났는데, 우리 파트에 잘난 척하기 좋아하던 그 멍청한 녀석이 사무실 직원과 작은 말다툼을 했던 덕분이었다. 사무실 직원은 대부분 정규직 직원이었는데, 직급도 생산자들보다 높은 편이고, 대부분 인사급들 가족이거나 가까운 친인척이라고 들었다.

예상보다 빠르게 자리에서 나왔지만, 술을 많이 마셨던 덕분인지 제법 취해있었다. 버스를 타기 위해서 정류장까지 걷는 도중, 빨간색 간판에 〈사랑〉이라고 적혀있는 가게가 보였다. 그 앞에 발걸음을 멈추고 멍하니 서 있었다. 사랑이라는 단어가 낯설게 느껴졌다. 그리고 그것이 존재하는 것일까 의문이 들었다.

가게 안으로 들어갔다. 딱 봐도 나이가 한참 많은 여성이, 속이 살며시 비추어지는 빨간 드레스를 입고 응대했다. 나는 술을 조금만 마시고 가겠다며 아무 자리에나 앉았는데, 우리가 평소 마시던 맥주보다 작은 사이즈의 병맥주를 다섯 병이나 가져오더니, 곧장 내 옆에 앉았다. 나는 바로 자리에서 일어나, 반대편으로 가서 앉았다. 그리고 그냥 아무 이야기나 하고 싶어 이곳에 들어왔다고 말했다.

정작 그렇게 말했지만 상대방에게 해야 할 말이 없었다. 말없이 맥주만 마시다 보니 금방 다섯 병을 다 비웠다. 사이즈가 작은 맥주는 양이 너무 적었다. 그것보다 맞은편에 앉아있는 저 망할 여자는, 내가 돈을 지불하고 구입한 술 대부분을 자기가 마시고 있는 것이었다.

마지막 병을 비워갈 때쯤, 나에게 별것 아닌 질문들을 하더니 술을 더 시키라는 말을 했다. 분명 말을 걸면서 주문을 더 받으려는 속셈이 뻔했다. 나는 다섯 병만 더 마시고 가겠다고 말했는데, 내 차림새가 허름한 탓인지 좀 전의 맥주와 방금 주문한 것들을 미리 계산하라는 말을 건넸다.

막상 결제를 하고 나니 돈이 아깝다는 생각이 들었다. 한 시간도 안 되어 고작 작은 맥주 몇 병에, 돈 십만 원을 가까이 사용한 것이다.

누군가와 대화를 하는 것조차도, 이제 나에게는 비용을 지불해야 한다는 것을 알게 되었다.

맥주를 한 병 빠르게 마시고, 전부 그대로 두고 나왔다. 어차피 계속 그 자리에 있어 봤자, 맞은편에 앉아있는 저 나이 많은 여자가 다 마셔버릴 게 뻔했다. 그 가게에 나왔을 때, 빨간색 사랑이라는 간판은 왜인지 나를 슬프게 했다. 무언가 알 수 없는 고독이 나를 감싸고 있었다.

-12.07.03.

다시 처음으로 돌아온 느낌이다. 처음 이곳에 왔을 때의 마음처럼, 물리적인 고통이 동반한 상태로 대부분을 보내고 있다.

공장에는 며칠째 나가지 못했는데, 어차피 급여에서 일당을 제외하니 너무 신경 쓰지 않아도 된다는 조장의 말 덕분에 한숨 덜 수 있었다. 다만, 너무 오래 자리를 비우면 회사 입장에서도 곤란해질 수도 있다며, 일자리 보장은 장담하기 어렵다는 말도 덧붙였다.

이곳에서 가장 힘들게 느껴지는 것은, 이따금 생활할 만하다 싶으면 다시 찾아오는 고통들이었다. 어쩌면 새로운 내 삶에도, 내가 아무리 타의적인 것들로 하여금 내 삶을 바꾸려 해도, 그녀 없이는 더 이상 나 자신만의 온전한 존재로 살아갈 수 없는 사람이 되어버린 것은 아닐까 하는 생각이 들었다.

며칠 동안, 이런 삶을 지속하면서도 나름대로 일을 하지 않고 쉰다는 것에 그나마 위로를 하고 있다는 나 자신이 한심해 보이기도 했다.

-12.07.07.

며칠간 휴식을 보내고 평소보다 빠른 시간에 공장으로 출근을 했다. 그동안 공백이 나름대로 미안했던 탓인지 평소보다 출근준비를 서두른 것 같았다. 하지만, 대중교통은 어찌 되었든 정해진 비슷한 시간대로 운행을 했다.

내가 없는, 고작 며칠 동안이라지만, 변한 것이라고는 하나 찾아보기 힘들었다. 나름대로 신기하게 생각했던 것은, 이곳에서 갑자기 누군가 사라진다 해도 아무도 모를 것 같다는 생각이 문뜩 들었다.

대부분 직장에서는 자신이 맡은 파트를 책임져야 한다. 그렇기에 프로젝트마다 책임자와 승인권자를 분류한다. 하지만 이곳에서 생산자는 그저 사라지면 비워놓거나, 아무나 그 자리를 대신하는 것 같았다. 물론, 특정 누군가가 꼭 그 자리에 있어야 하는 것은 아니었지만, 나름대로 소속감이라던가 본인의 자리에 관하여 어떠한 자부심도 느낄 수 없는 것이라는 사실을 알게 되었다.

점심시간이 끝나기 전에 식당에서 식사를 끝내고, 사무실에 그동안의 결근 사유를 보고해야 한다는 이야기를 들었다. 덕분에 조금 서둘렀다. 작업장에서 식당까지는 도보로 10분 정도 소요되었는데, 사무실도 그 두 곳과는 제법 멀리 있었다. 고작 50분의 점심시간 동안, 식사를 포함하여 이것들을 전부 처리해야 하는 것이 정상적인 방법은 아니라는 생각이 들었다.

딱히 병원에 갔던 진료기록은 없기 때문에 제출할 서류가 없었다. 사무직 여직원은 무단결근 처리가 된다며, 기분 나쁜 말투로 이야기를 했다. 미비 서류로 인한 책임은 고스란히 내 몫이라는 것이 분명했지만, 어째서 본인이 나보다 짜증을 내는지 알 수 없는 의문이 들었다. 딱히 하는 일도 없이 하루 종일 휴대폰이나 확인하고, 화장이나 고치는 습관적인 행동으로 대부분 직장 시간을 소비하는 것처럼 보였지만, 이런 부류들도 나름대로 나보다 상급자라는 생각을 하니 어색한 기분이 들었다.

정작 일을 하는 동안에는 시간이 어떻게 지났는지 모르겠다. 유난히 잡념이 많았던 덕분에 불량 개수는 점차 늘었다. 새로 들어온 조장은 묵묵히 자신의 일에만 전념했고, 별다른 지적을 하지는 않았다. 덕분에 그에게 미안한 감정이 조금 들었던 것은 사실이었다. 내일부터는 조금 집중을 해보려 한다.

-12.07.16.

또다시 안정을 되찾고 있다. 요즘에는 작업 도중 불량 개수를 줄이는 과정에, 나름대로의 재미를 찾고 있다. 하루 종일을 잡념으로 사용하기보다는 일정한 패턴을 갖고 움직여 보기로 했다. 그렇게 조금이나마 안정된 상태로 생활을 지속하면 어떤 결과가 찾아올지 조금 궁금해졌다.

하지만 확실하게 잡념을 떨치는 것은 불가능했다. 이미 습관이 잡혀버린 탓인지, 아니면 내가 하고 있는 이러한 단순 업무 자체가 잡념을 유발하는 것인지, 그 이유를 알 수 있는 방법은 전혀 없었다. 그렇지만 최대한 잡념에 관하여 생각하기로 했다. 그렇게 매 순간 무언가를 인지한다는 것은 쉬운 일은 아니었다. 다만 그렇게나마 계획하고 움직인다는 것은, 작은 행동 하나에도 나름대로의 이유나 의미가 붙게 마련이었다.

-12.07.24.

모든 것들이 좀처럼 쉽지 않다고 느끼고 있다. 나름대로 일관성을 갖고 유지하던 생활 습관에도 문제가 생겼다. 사소하게 생각했던 건강 문제로 시작되었는데, 우측 발목 통증이 아주 심해졌다는 이유로 생활 습관이 하나씩 무너지게 되었다.

처음에는, 수면 도중에 통증이 찾아와 잠을 깨는 방식으로 시작되었다. 이전과는 다르게 수면 시간이 부족하면, 하루 일과에 커다란 지장이 생기는 것이었다. 수면장애 현상과는 사뭇 다른 방식이었고, 통증이 유발된다는 것이 계속 신경 쓰였다. 그럼에도 정작 병원에 가봐야겠다는 생각은 하지 않았다.

몇 번은 아침부터 뒤척이다 버스를 놓치는 바람에 지각을 했는데, 아침 점호 시간에 무단으로 불참했다는 이유로 몇 차례 불려가 듣기 싫은 소리를 제법 들어야 했었다. 나도 불만 사항이 많아지고 있었다. 이 빌어먹은 집단은 멍청한 것은 기본이며, 합리적인 구석이라고는 하나 없는 것 같았다. 한 가지 확실한 것은, 이곳에 관하여도 점차 싫증 나고 있다는 것이다.

온전히 새로운 사람으로 내 삶을 지속한다 하여도, 바꿀 수 있는 것이라고는 한정적으로 제한되어 있었다. 순전히 내가 바라는 것이, 상대방과의 관계였을지, 혹시 그렇지 않다면, 그녀를 만나기 이전의 내 모습이었는지 의문이 든다. 또한 내가 그리워하는 대상은 상대방일까, 혹은 그 당시 내 모습일까, 이런 생각들로 혼란이 지속되었다. 통증으로 인한 불면증은, 이런 잡생각으로 연결되곤 했는데, 그럴 때마다 선잠을 자다가, 정작 출근 시간이 다가오면, 그제야 졸음이 쏟아지곤 했다.

나에게 불편함은 더 이상 순간적인 문제들이 아니었다. 마음이나 신체적으로도 어느 부위나 통증은 지속된다는 것을 알게 되었다.

-12.08.23.

이곳에서의 생활을 정리하고 있다. 이제는 살아가는 것에 관하여 지쳐 있다. 더 이상 이곳에서 얻을 수 있는 것도 없을뿐더러, 이런 멍청한 집단과의 지속적인 생활은 나 자신을 점차 망치고 있는 것처럼 느껴졌다. 하지만, 나는 알고 있다. 이제는 어디를 간다 하여도, 더 이상 내가 있을 곳은 없다는 것을. 그저 내 삶은, 내가 경멸하던 그런 종류의 삶이었다는 것을 이제는 확신했다. 또한, 누군가에 의한 삶조차도 의미를 잃어갔다.

별도의 통보는 하지 않았지만, 다니던 직장을 그만두었다. 우리가 대부분 알고 있는 일반적인 직장과는 조금 다르게, 그만두는 과정이 매우 단순하고 간단했다. 그냥, 더 이상 일을 하지 않으면 되는 것이었다. 전화상으로 퇴사 처리를 하고 나니, 급여 지급일에 맞춰 그동안 임금을 정산해주겠다는 답변을 들었다. 그 멍청하기 짝이 없는 여직원은 매번 불만이 섞인 말투다.

더 이상 그 잘난 척하기 좋아하는 녀석을 보지 않아도 된다는 것도, 하루 종일 커다란 하얀 판을 선반 위에 올려놓는 작업도 하지 않는다는 것에서 기분이 좋아졌다.

또한, 저녁 시간이면 마음껏 술을 마시게 되었다. 공장에 나가지 않아도 규칙적으로 일정한 생활의 패턴이 지속되는 것이 처음에는 신기했다. 그러다 정직 일주일 정도 밤새 술을 마시며 지냈더니 처음 이곳에 왔을 때의 생활 패턴으로 돌아온 것이다. 그때와 눈에 띄게 달라진 것이 있다면, 이제는 날씨가 덥고, 그 여자를 더 이상 사랑하지 않는다는 것이다.

상대방을 미워하는 감정과 사랑하지 않는다는 것은 엄연히 다르다.

그동안 일을 지속했던 덕분에, 당분간 생활비 걱정은 하지 않아도 될 것 같았다.

-12.09.15.

〈사랑〉이라는 빨간 간판의 술집을 다시 찾았다.

술을 마신 후였지만, 그다지 취하지는 않았다. 딱히 어디에도 갈 곳은 없었고, 누군가와 이야기를 하고 싶었다. 무작정 이곳에 들어와 술을 주문하니, 이번에는 지난번과는 다르게, 그 중년 여성은 내 반대편 자리에 앉았다.

나는 기다렸다는 듯 질문했다. 왜 이곳의 간판이 사랑이라는 제목인지 그리고 혹시 그런 특별한 이유가 있나 물었다. 하지만 그 답변을 듣자, 차라리 대답을 듣지 않았으면 좋았을지도 모른다는 생각을 했었다. 마땅히 제목에 붙여놓을 것이 없었던 터인데, 가장 간단하고 쉬워 보이는 제목을 선택했다는 것이 이유였다.

그 이유를 듣고 나니 술에 취하고 싶었다. 막상 그 후에는, 더 이상 할 이야기도 없었다. 잠깐이나마 아주 침묵했었는데, 역시나 이런 일을 하는 사람이라 그랬던 것인지 쉬지 않고 대화를 자연스럽게 이어나가게끔 유도했다. 어찌 되었든 나는 그 중년 여성과 내가 살아왔던 삶에 관하여 이야기를 했다.

하지만 그녀는 대부분 믿지 않는 눈치였다. 나는 경제적으로 넉넉한 집안에서 태어났으며, 최고의 교육과정을 전부 우수한 성적으로 받았으며, 세계에서 가장 주목받는다는 월스트릿에서 일을 했었다고, 그리고 나 자신보다 사랑했던 여자와 한때는 미래까지 약속했었다는 이야기도 전부 털어놓았지만, 상대방은 믿지 않는 눈치였다. 술을 더 마시게 되었다. 몇 달 전에, 공장에서 쉬는 시간을 이용하여 책을 읽던 도중, 자신도 독서를 좋아한다면서, 신나게 책 이야기를 하던 녀석의 말을 건성으로 믿는 척 들었던 내 모습이 생각이 났는데, 혹시 상대방도 지금 나와 같은 기분이었을까 하는 생각이 문뜩 스쳤다.

아무튼, 지금 내가 하는 말과 행동들이 전부 의미 없는 것들임을 알고 있음에도 나는 멈추지 않고 이야기했다. 어쩌면 내가 하고 싶던 행동은, 누군가와 대화를 하는 것보다, 그저 내 이야기를 들어줄 누군가가 필요했을지도 모른다는 생각을 했다.

이야기를 하다 보니 슬펐다. 그녀에 관하여 잊고 있던 것들도 다시금 생각하게 되었고, 나 또한 지금 나 자신의 모습이, 한심해 보인다는 생각을 문뜩 하게 되었다.

맥주를 많이 마셨다. 술값도 제법 많이 나왔는데, 오늘만큼은 그런 것들에 관하여 얽매이고 싶지 않았다. 방으로 돌아올 때에는 편의점에 들러 맥주를 잔뜩 구입하여 들어왔다.

슬프다고 생각하는 것들이, 슬퍼지지 않을 때, 그것은 내 상황이 좋아지는 것이 아니라는 것을 오늘 알게 되었다. 잠시 통증이 사라졌을 뿐, 그것은 좋아지는 상황이 아니라, 다른 것으로 하여금 그 통증을 잠시 잊어갈 뿐이었다. 그리고 그것들은 더욱 나를 안 좋은 상태로 만들거나, 다른 것들로 하여금 좋지 않은 상황이 발생했을 때, 그것들과 함께 나를 찾아오는 것 같았다.

-12.09.23.

이곳 번화가 술집에 익숙해지고 있다. 대부분의 업소는 중년 여성들이 운영을 하고 있었고, 어디를 가도 제대로 된 이야기를 할 수는 없었다. 또한, 술값으로 지출하는 금액이 상당히 커졌다. 공장에서 일을 할 때, 한 달 정도 생활비로 사용했던 금액을 하루 이틀에 걸쳐 전부 탕진했다.

대부분 가게의 간판은 빨간색이나 흰색의 바탕이었고, 가게 이름은 간단한 단어들로 이루어져 있었다. 내부 인테리어는 업장마다 커다란 차이는 없었다. 영업하는 방식도 전부 비슷해서, 이제는 주문을 하는 방식에도 익숙해져 있었다.

보통은 모텔 근처 식당에서 저녁 식사를 하며 술을 마시다가, 습관적으로 술집들이 밀집되어 있는 곳으로 자리를 옮겼다. 딱히 특정적인 이유가 있던 것은 아니었지만, 단지 누군가에게 아무 이야기나 하는 것이 좋았던 것 같았다. 적어도 그렇게 저녁 시간을 보내고 나면, 하루가 평소보다 빠르게 지나갔기 때문이다.

하지만 지금 이런 방식의 생활도, 그다지 오랫동안 지속하기 힘들 것 같다는 생각이 들었다.

모아두었던 생활비도 절반 정도는 사용해 버렸고, 더 이상은 이곳에도 흥미가 없다는 것을 알게 되었다. 단지 시간을 보내기 위한 습관적인 행동으로, 이곳에서 시간을 보내고 있는 내 모습이, 어느 순간 문득 보였기 때문이다. 대부분 그곳에서의 이야기는, 그 여자와의 만남으로 시작하여 지금 내 모습으로 끝나고 있었다. 어쩌면 나는 내 자신에게, 지금의 내 모습이 마치 끝이라고 암시하는 것 같았다. 그렇게 여러 가지 형태로나마 나는 그녀와 다시 가까워지고 있다는 생각으로, 나 자신을 위안하며, 밤마다 이곳들을 배회했다. *-12.10.07.*

오전 이른 시간부터 잠에서 깼다. 생활비가 전부 떨어진 탓에, 당장에라도 어떤 수를 써야 했다. 임시로 발급했던 신분증마저 또다시 분실했기 때문에 수고를 한층 더 했다.

증권회사와 은행에 방문해 보유 중인 주식과 채권들을 매각하고 모든 계좌들을 해지했다. 소유한 증권 종목들은 대부분 값이 두 배 이상 올랐고, 펀드 상품 대부분도 값이 많이 오른 상태였다. 전부 현금으로 인출하기에는 금액이 너무 컸다. 지난겨울쯤에 홧김으로 통장과 카드 전부를 찢어버렸던 탓에 하나씩 재발급을 받아야 하는 수고를 더 했다.

예전에는 이런 느낌이 없었는데, 막상 수중에 돈이 넉넉해지니 편안해진 느낌이 들었다. 그동안 잊고 있었던 소비패턴도 다시 생겨나는 것 같았다. 카드 재발급이 끝나기 무섭게 주류마트로 향했기 때문이다. 그동안 싸구려 스카치나 보드카를 마셨던 덕분에, 술에 관하여 맛과 향을 잊고 지낸 지 오래된 것 같았다.

어떠한 취미나 여가생활에도 금전적인 뒷받침, 그리고 그것과 생활의 융화에 따라서 삶의 질이 변하는 것 같았다. 적당히 자기만의 것을 찾아 자신의 삶에 대입하는 것조차 하나의 능력이라는 생각도 들었다.

그동안 내 자신에게도 많은 억제가 있었던 것 같았다. 구입한 대부분 주류는 고가 브랜드로 가득 채웠고, 그중에서도 값이 제법 나가는 빈티지 제품은 없는지 더 찾아보고 있었다. 하지만 이런 시골 변두리 주류마트에는 내가 생각하는 것만큼의 좋은 상품은 존재하지 않았다.

술을 가득 채워놓고 모텔방으로 향했다. 기분도 낼 겸 글렌캐런 글라스도 하나 구입했다. 싸구려 모텔방과 어울리지는 않았지만, 이곳이 나쁘지는 않았다. 이곳은 더 이상 나 혼자만의 장소가 아니었다. 그녀와 함께한, 그리고 대부분 상대방을 생각하던, 나에게는 지극히 우리 둘과 같은 상징적인 공간이었다. 하지만, 이제는 이곳도 떠나려 한다. 지금의 이러한 삶에도 미련이 없어졌다.

은행에 들러 증권을 현금화하는 순간부터, 나는 온전한 삶에 또다시 실패했다는 것을 느꼈다. 나도 어쩔 수 없는, 그저 내가 손가락질하던 남들과 크게 다를 것 없는 삶을 살아가고 있다는 것이었다. 이런 삶이 앞으로도 지속된다면, 내가 그렇게 경멸하던 그들과 같은 방식으로 삶을 살아야 한다면, 나도 언젠가는 또, 다른 누군가를 사랑한다며, 거짓을 이야기하고, 그 거짓에 위안하며 살아갈 것 같았다. 그리고 그녀는 한때 내 거짓 삶의 일부로 남을 것이다. 아니 잊히는 것이었다. 거짓이기 때문에 간직할 수 없을 것이 뻔했다. 그런 방식의 삶을 살아야 한다면, 그리고 그런 삶을 위하여, 무언가를 배우며, 직업을 갖고, 나름대로 바른 가치관을 유지하려는 상태로, 내일을 생각하며 살아가야 한다면, 그렇게는 더 이상 이 세상에 어떠한 의미를 지니고 살아가는 이유가 없을 거라는 생각을 했다. 어찌 되었던 나는 어떠한 형태로라도, 이런 방식의 삶을 정리하고 싶었다.

-12.10.31.

서울로 돌아왔다. 집으로 가는 대신 논현동에 위치한 리츠칼튼 호텔로 이동하여 장기투숙을 등록했다. 테라스가 있는 사이드 큰 방을 잡았다. 시가를 자유롭게 태우고 싶었다.

움직이는 도중에도 발목 통증이 심해져 자주 걸음을 멈췄지만, 치료하기보다는 술을 더 마시는 것에 의존했다. 1층 가든 레스토랑에서 식사를 하며, 각종 고급 와인들을 전부 마셨다. 와인 잔에 술을 따를 필요도 없이 병째 마시다 보니 금세 두 병을 비웠다.

이 호텔은 2층 리츠바가 새벽 늦은 시간까지 영업해서 내가 지내기에 적합하다고 생각했다. 늦은 시간이라도, 마시고 싶은 칵테일이 생기면, 어렵지 않게 그것들을 주문할 수 있었다.

생활은 이전보다 확실하게 편리해졌다. 식사는 대부분 룸서비스를 이용하여 별도의 움직임이 필요하지 않았고, 주류의 경우에는 1층 델리나 레스토랑에 주문을 하면 곧장 가져다주었다.

아드벡 텐을 위스키 전용 잔에, 한 잔 가득 채워놓고, 시가를 태웠다. 더 좋은 술도 많이 구입했지만, K와 즐기던 이 느낌과 향이 가장 그리웠다.

K에게 메일을 보내려 생각했지만, 그러지 않기로 했다. 그에게나마 짐이 되고 싶지 않았다. 그리고 더 이상, 내 삶과 연관되지 않기를 바랄 뿐이었다.

오늘은 이 술을 전부 다 비우며 그녀와 주고받던 메시지를 읽으려 한다. 새로운 환경에서 또다시 새로운 형태로나마, 상대방을 그리워할 것이다.

-12.11.07.

아침 해가 뜨는 것을 보고 잠이 들었던 나머지, 점심시간이 지나서야 잠에서 깼다. 테라스에 긴 의자를 놓고, 그 위에 누워 술을 마시다 잠이 들었는데, 날씨가 많이 쌀쌀해진 덕분에 그리 오랫동안 수면 상태를 유지하지 못했던 것 같았다.

지하 중식당 취홍에서 식사를 하는 도중에, 루이13세가 눈에 보여 한 병 주문했다. 맛과 향에 비하여 고가에 판매되는 이런 술들은 애초에 내 취향과는 다르지만, 값비싸고 사람들이 열광하는 것들에 집중해 보기로 마음먹었다.

역시나 내 취향은 아니었다. 남은 술은 방으로 올려 보냈고, 그나마 조금이라도 술기운이 올라온 김에 한남동 리움 미술관으로 향했다. 미술관으로 가는 도중, 역삼동 주류백화점에 들러 샴페인 몇 병을 구입했다.

리움은 정말 멋진 곳이다. 꼭 리움만이 그렇지는 않다. 모든 미술관들은 인간들이 만들어낸 가식 덩어리들을 하나의 상품으로 재탄생시키는 곳이기도 하다. 그렇게 말 같지도 않은 이유들을 작품에 삽입하고, 그 이유들이 더욱 절망적이거나, 아픔에 근접할수록, 비싼 값으로 측정된다. 그리고 머지않아 의미를 잃어버린 듯, 대중들과는 점차 멀어지게 된다.

일반 전시부터 특별 전시까지 관람한 후에는, 밖으로 나와 공원 벤치에서 돔페리뇽을 병째로 마셨다. 그리고 입에 머금던 샴페인 한 모금 전부 뱉으며, 가운뎃손가락을 치켜세우고, 그럴싸하게 포장된 미술관 건물 향해, 엿이나 먹으라고 이야기했다.

지율과 처음 만나기로 했었던 이곳에서, 무언가 찾기를 바랐는지도 모르겠다. 하지만 오늘 내가 찾은 것이라고는, 그저 의미 없는 것들에 열광하는 어리석은 멍청한 인간들뿐이었다는 것이다.

그저 이런 곳들을 자랑인 듯 다니며, 카메라 셔터나 누르고 있는 그런 부류의 인간들 덕분에, 대중 사업은 의미보다는 이목 끌기에 중점을 잡고 있는 것 같았다. 어차피 기업의 입장에서는 좋은 일이라 생각된다. 사용자들이 멍청할수록 상품을 포장하기는 쉽기 때문이다.

방으로 들어와 테라스에서 아래를 내려다보는 것은 기분이 참 좋았다. 테라스 난간에 시가와 맥켈란 1974를 올려놓고 마셨다. 이렇게 고급 위스키와 시가를 즐기면서, 낮은 곳을 내려다본다는 것은, 나름대로의 매력을 지니고 있다. 미술관에서 마주치던 모든 멍청한 인간들을 위하여 건배하기로 했다.

-12.11.09.

조금 이른 오전 시간부터, 종로 커피숍에서 시간을 보냈다. 이전에는 이러한 시간들도 한 가지 에피소드로 남을 정도로, 특별하거나 기분이 좋았는데, 요즘 같은 경우에서는 그저 그런 하루의 연장일 뿐이었다.

구청에 여권 재발급을 받을 겸 방문했을 뿐인데, 이전 내 모습의 일부를 발견하게 될 것이라고는 생각도 하지 못했던 부분이었다.

점심시간을 조금 넘겨보니, 거리는 이전과는 비교적 조용해졌다. 그 틈을 타, 구청으로 향했다.

증명사진을 별도로 보관하고 있지 않기 때문에, 구청 건물에 있는 자동 카메라 자판기를 이용했다. 평소에 세심하게 나 자신을 보는 일은 없었기 때문인지, 내 모습이 낯설게 느껴졌고, 그 어색함 속에서 많이 망가져 있는 나 자신을 보게 되었다.

카메라 화질은 좋지 않다고 느낄 정도였다. 보통 이런 사진 같은 것에 익숙하지 않기 때문인지 전체적인 느낌조차 좋지 않다는 생각을 하게 되었다. 평소 같으면 이런 쓸모없는 생각을 하는 대신 다른 무언가에 관심을 가져보는 것을 선택했을 터지만, 이번만큼은 조금 더 신경 쓰고 싶었던 것 같았다.

밤이 오면 이 종로 거리는 형편없어진다. 보기 싫은 것들과 마주치는 것에 대한 두려움은 늘 존재한다. 나 또한 오늘도 마찬가지로, 내가 보기 싫은 것들을 피하기 위하여, 생각보다 빠르게 호텔로 돌아왔다.

-12.11.14.

오전부터 서둘러 공항으로 이동했다. 시간에 대한 관념이 사라진 상태로 장기간 생활했기 때문인지, 비행시간을 맞추는 것도 쉽지 않다는 것을 느꼈다.

예전 같으면 택시를 타기 전부터 쓸모없는 이야기를 걸어오지 않을까 하는 긴장감부터 들어오곤 했었는데, 요즘 같아서는 아무렴 어떨까라는 생각도 한다. 심지어는 가끔, 내가 먼저 택시 기사에게 말을 거는 경우도 생겼다.

기내식은 전부 거절했지만, 술을 지속적으로 찾게 되었다. 일등석 티켓을 구입했는데, 주류리스트가 다르다는 것을 처음 알았다. 평소 이용하던 일반 좌석에 비교하여 넓다는 것을 제외하고는 특별하게 좋은 것은 없다고 생각했었지만, 좋은 위스키와 샴페인을 마음껏 마실 수 있다는 것이 가장 마음에 들었다.

주문해 둔 드라피에가, 칠링이 다 된 것 같다.

-12.11.19.

샌프란시스코 공항에 도착한 뒤, 택시를 이용하여 번화가로 이동했다. 공항 근처 숙소를 이용할 계획이었는데, 확인하고 싶은 것들이 있어 조금 멀더라도 수고를 더 했다.

포시즌 호텔에 체크인을 하고 짐을 맡겨두었다. 작은 가방 하나가 전부이지만, 휴대하는 것도 불편할뿐더러 물건들을 분실이라도 하게 된다면 귀찮은 일들이 많이 생길지도 모르기 때문이다.

크리시필드까지는 조금 오래 걸리더라도 도보로 이동할 생각이었지만, 잊을만하면 찾아오는 발목 통증으로 인하여 택시를 타게 되었다. 택시기사에게 뉴욕에 가 본 적이 있냐는 질문을 던졌는데, 그는 자신 있게 그곳 거리를 잘 알고 있다는 자랑을 했었다.

나는 허드슨강에 관하여 물었고, 그곳 오리들은 추워지면 어디로 이동하냐는 질문을 했다. 아마 내 예상대로였다면 내 질문을 무시하거나 실컷 욕이나 퍼붓지는 않을까 생각했었지만, 내 생각과는 전혀 다르게, 그는 위트 있는 답변으로 웃어넘겼을 뿐이었다.

막상 금문교가 보이는 곳까지 도착을 했더니, 호텔로 돌아가고 싶었다. 택시에서는 내리지 않고, 잠시 멈춰있다 호텔로 돌아가 달라는 이야기를 했다.

호텔방은 값비싼 샴페인들로 가득 채웠다. 장기간 비행을 했던 탓에 피로감을 제법 느끼곤 했지만, 그런 상황과 직면하면서까지 잔을 채우고 있었다.

구입해 놓은 술을 전부 마실 때까지 이곳에서 머물 예정이다.

-12.11.20.

렌트 신청을 완료한 차량의 배차는 호텔 정문에서 시행되었다. 생각보다 빠르게 진행되는 것들이 세상에는 많다는 것을 느낀다.

외국인 신분으로 고급 컨버터블을 렌트하는 것에 대한 보증 문제로 제한이 조금 있었지만, 이전 근무하던 직장이나 졸업한 학교를 이야기했더니 간단한 증명만을 통하여 도움을 받을 수 있었다.

금문교 방향으로 향하여 1번 국도를 진입하고 해안도로를 달렸다. 작년 겨울에는 지율과 강원도 7번 국도를 달리던 기억을 되짚고 싶었다. 그때와 다른 게 있다면, 나는 더 이상 잃어버릴 것이 없다는 것. 그리고 그 절망이 깊어질수록, 두려움은 사라진다는 현실을 알게 된 후라는 것이었다.

좋은 차량과 멋진 곳의 경치를 보면서도 기뻐할 수 없다는 것이 어색하지는 않았다. 또한 지금 내가 가장 서운하게 느껴지는 것이라고는, 그녀가 곁에 없다는 것이었다. 멋진 것들을 함께 할 수 없다는 것이, 지금 내가 느끼는 가장 커다란 감정이었다.

평소보다 공허함이 강하게 밀려왔다. 어두워질 때쯤, 호텔로 돌아왔던 것 같다.

두 번째 삶을 포기한 뒤로, 내가 가장 많이 겪고 있는 마찰은, 생활의 풍요 속에 찾아온, 또 다른 갈등이라는 것이었다.

일정한 규격의 절제된 삶에는, 시간적 제한이나, 금전적 요인으로 인하여 찾아오는 피로함, 물리적으로 불가능한 행동들로 인하여 자신의 삶을 일정 구간 이상으로 좋게 만들거나, 그 반대로 망가뜨리는 것도 어렵다는 것이 현실이었다. 그 반대로, 지금 겪고 있는 이러한 삶의 방식에는, 이전과 다른 종류의 갈등들이 찾아오곤 했는데, 생활의 방식이라든지,

편리성에 관하여는 이전과는 비교하기 힘들 정도로 편리한 생활을 하고 있지만, 마음의 규격에는 커다란 차이가 있다는 것을 알게 되었다.

지금의 삶에서는 이전의 것들로 하여금 무척 자유롭지만, 그때와는 다르게 행동하는 것 하나씩, 자신의 마음에 간섭이 시작된다는 것이다. 그러한 작은 간섭들이 지속됨으로써, 행동에 의미를 부여하게 되고, 그러므로 잊고 살아도 되는 것들이거나, 굳이 알아야 할 필요가 없는 것들을 다시 생각하게 됨으로써, 심리적 고통이 더욱 증가한다는 것이다.

하지만 어떤 감정이든 지금 나에게 커다란 의미가 없다는 것은 어쩔 수 없는 사실이었다. 단지, 생활과 환경의 변화만으로, 인간의 가치관은 변해 갈 수도 있다는 생각을 하게 되었다.

-12.11.23.

K에게 장문의 편지를 남겨두었다. 캘리포니아 어느 커피숍에서 식사를 하던 도중 메일 알람을 확인해 곧장 답변을 하게 되었던 것 같다.

그는 얼마 전 한국으로 돌아와 다시 직장 생활을 하고 있다는 내용을 전달했다. 그리고 나에게 들려줄 이야기가 많다며, 시간을 조율하자는 내용이었다.

나는 현재 위치에 관하여 이야기를 했다. 적당하게 이야기할 핑곗거리가 없기에 업무차 잠시 이곳에 방문을 했을 뿐이라며, 조금 시간이 걸릴지도 모른다는 거짓을 답변으로 작성하게 되었다. 또한, 그와의 약속에 관하여는 언급하지 않았다.

캘리포니아 중심가를 건너, 호텔로 들어오며 많은 생각을 하게 되었다. 뉴욕에서 오랜 시간을 보냈지만, 뉴욕은 더 이상 기회의 땅이라는 칭호가 어울리지 않는 것 같았다. 정해진 우수한 능력의 인간들을 가두어놓고 경쟁을 하는 곳. 기회라기보다는 경쟁의 땅에 가까운 그곳을 풍자라도 하듯, 이제는 이곳, 실리콘밸리가 그 특색을 이어받고 있었다.

이 거대한 도시들도 경쟁을 위하여 발전에 중점을 두다 보니, 고유의 것들보다는 새로운 상징에 관한 것들에 중점을 두는 것 같아 내심 슬퍼 보였다. 그래도 나 자신은 영원히 변치 않을 것이라는 신념을 갖고 있다며, 혼자만의 생각으로, 나 자신을 위안했다. 그리고 그 독백에는 상대방이 늘 함께 있었다.

결제해둔 투숙 기간이 며칠 남아있지만, 방으로 돌아와 곧장 짐을 꾸렸다. 서울에서부터 이동하면서 별도 체크아웃을 하지 않았다. 의도했던 행동은 아니었지만, 계획하는 것들의 중점에 벗어난 삶을 조금이나마 즐겨보고 싶었던 것 같았다.

룸서비스를 이용하여, 맥켈란 1974 빈티지를 베이스로 만든 위스키 사워 두 잔을 주문하여 마셨다. 리츠칼튼 호텔에서 지낼 때에는, 글렌드로낙 1990 빈티지를 이용하여 칵테일을 사워를 만들어 마시곤 했는데, 아무래도 의미 있는 상품을 망가트리는, 돌려 말하자면, 미술관에 있는 의미 없는 값비싼 도자기를 깨버리는 것 같은, 그런 비슷한 의미였던 것 같다.

점차 시간이 흐르고 있는 것에 두려움을 느낀다.

-12.11.26.

샌프란시스코 공항에서 예정된 일정보다 많은 시간을 소모했다. 오버부킹 덕분에 지정된 좌석을 양보해 줄 수 있는 승객을 찾는 방송을 들었는데, 마침 발목 통증 때문에 움직이는 것이 조금 불편했는지 다음 비행기로 이동하기로 마음먹었다.

항공사에서는 지속되는 거절에도 내가 받을 수 있는 이런저런 혜택을 설명하려 들었지만, 더 이상 귀찮게 하는 말들을 듣고 싶지 않기에 조금 화가 섞인 말투로 나 자신을 무시하지 말아 달라고 답했다. 아마도 상대방들은 내가 동양인이기 때문에, 어떤 선입견과 같은 느낌을 갖고 있다는 생각을 할지도 모르겠다는 생각으로 그런 행동을 했던 것 같다.

조금 어두워진 상태로 매캐런 공항에 도착했다. 곧장 MGM로비로 이동했지만, 체크인까지 한 시간은 족히 기다려야 할 것 같은 인파들이 몰려있었다.

카지노를 즐기기 위하여, 라스베이거스 메인스트릿 위주로 호텔을 잡다 보니 이런 단점들을 생각지도 못하고 있었다. 식사 문제라든지, 조금 조용한 공간에서 마시는 위스키를 생각하고 나니, 자연스럽게 메인스트릿에서 조금 벗어난 포시즌 호텔로 이동하였다.

가장 넓은 스위트룸을 장기간 사용하기로 계약하였고, 평소와는 다르게, 그동안 최대한 편하게 즐길 수 있게 도움을 달라는 이야기를 하게 되었다.

체크인을 하면서 주문해 둔 각종 고급 샴페인들을, 보조 욕실에 있는 욕조에 얼음과 함께 가득 담아두었다. 돔페리뇽 같은 어느 정도 이상의 값만 지불하면 마실 수 있는 종류들은 일반 제품보다는 희소성 있고, 값이 더 많이 나가는 그레이트 빈티지들을 선택하였고, 드라피에나, 평소에 즐겨 마시던 로칠드 브리의 비중을 많이 두었다.

당분간 카지노를 즐겨볼 생각이다. 감정의 절제를 인식하며 살아온 삶에서, 그런 이성의 끈을 놓아버린 상태로 빠진 도박은 어떤 느낌일까 의문이 들기도 한다.

욕조에 넣어둔 샴페인들을 마시며 조금 쉬어야겠다.

-12.11.27.

이곳에서의 생활은 나름대로 규칙적이면서 단순하게 자리 잡아가고 있다.

낮에는 주로 만달레이베이로 이동하여 게임을 즐기고, 들고 있는 달러를 거의 잃고 나면 방으로 돌아와 샴페인을 마시거나, bar에 앉아 위스키를 마셨다. 남성 바텐더와 조금 이야기를 나누게 되었는데, 술에 관하여 페어링이 좋은 것 같다는 이야기로 시작되었던 것 같다.

보통 값비싼 빈티지급 위스키를 주문하게 되면 습관적으로 함께 곁들일 수 있는 비슷한 증류 방식의 저 숙성 위스키와 마시곤 했는데, 내 또래의 이용 고객치고는 이러한 방식의 페어링을 처음 본다는 이야기를 들었다.

지속된 게임의 패배로 인해 무언가를 잃게 되는 것에, 더욱 무감각해져 가고 있는 것을 느끼고 있었다. 처음에는 사랑을 잃고, 삶을 잃고, 결국은 돈까지 잃게 되는 이러한 방식은, 보통 사람들이 알고 있는, 도박의 본래 모습일지도 모른다. 하지만 내가 증명하고 싶은 것들은, 이러한 것들 사이에서도 그 마음의 진정성만큼은 변하지 않을 것이라는 자신감이었다.

방식이야 어찌 되었든, 나 자신만의 방식으로 상대방을 그리워할 수 있다는 것에 나름대로의 재미가 붙고 있었다. 하지만, 이마저도 그리 오랜 시간을 지속하지 못할 거라는 불안감이 점차 강해지고 있었지만, 일정한 시간에 게임을 즐기고 술에 취해갈수록, 그 외의 감정에 관하여는 무감각해지고 있었다. 심지어는 가끔 이러한 내 모습과 삶이 재미있다고 느껴지는 시기가 종종 찾아오곤 했었다.

-12.12.14.

대부분 늦은 시간까지 게임을 하다, 쓰러지기 직전에 방으로 들어와 잠이 들었다. 아침에 눈을 뜨면, 테이블 위에는 한 입 정도 마시고 방치해 둔 샴페인 병이 있었다.

게임에 집중하다 보니, 시간관념이 사라지고, 식사 시간이나 수면 시간도 정해진 구간에서 금세 벗어나곤 했다. 처음에는 한 시간만 늦게 들어가야겠다는 생각으로 게임에 몰입하였는데, 어쩌다 보니 새벽 늦은 시간까지 홀덤을 하고 있었고, 심지어는 방으로 돌아오면서 해가 뜨는 것을 보아야 하는 때도 있었다.

며칠을 그리워하는 대상을 조금 잊고 살게 되었는데, 잠이 들기 전까지 생각나는 것이라고는, 새벽에 하던 게임 중에서 가장 아깝게 졌던 내용들을 되짚고 있었던 것이다. 그리고 신기하게도 그런 게임들에 상대방을 연관 지어 그리워하고 있는 것이었다.

어느 모텔방에서 밤새 술을 마실 때에도, 겨우 먹고살 수 있을 정도의 공장 생활도, 그리고 방황하며 돌아다니는 시간조차도 결국은 자신의 삶에 상대방의 대입하여, 다른 방식으로나마 핑곗거리를 만들고 있는 것은 아닐까 하는 생각도 들었다.

룸서비스로 식사를 주문했지만, 생각보다 시간이 오래 걸리는 것 같다는 느낌을 받고 있다. 식사를 빠르게 끝내고, 만달레이베이로 다시 가볼 생각이다.

-12.12.22.

점차 삶에 대한 감각을 잃어가는 것 같았다. 처음에는 단순하게 호기심으로 시작했던 이러한 습관들이, 내 삶의 일부를 갉아먹고 있는 느낌도 들었다.

상대방을 그리워하는 대신, 집중할 것들이 필요했었다. 잠시나마 상대방을 잊고 살아가게 도와줄 어떤 계기가 필요했는지도 모르겠다. 또한, 누구나 쉽게 빠져들 수 있던 이러한 것들을 나 자신은 충분히 조율하고 절제할 수 있는 위치에 있다고 여기기에, 아무런 거리낌 없이 이것들을 접하게 되었던 것 같았다. 하지만 지금 가장 솔직하게 이러한 것들에 관하여 이야기하자면, 언제든 이것들을 끊을 수 있다고 자신하면서도, 막상 그러한 상황이 다가온다면, 조금 고민하거나, 아직은 꼭 그럴 필요가 없는 방식으로 도박과 멀어지는 것을 거부할 것임을 나는 충분히 알고 있었다. 심지어는 이러한 것들에 벗어남으로써, 다가오는 불안감이라든지, 그와 비슷한 종류의 후유증에 관하여도 몇 차례 느껴보았다는 것이다. 이것들과 멀리하려고 마음먹어야 느낄 수 있는 것이 아니었다. 그러한 것들은 내가 지내고 있는 간단한 생활에서도 충분히 느낄 수 있었는데, 잠에서 깨어나 샤워를 하던 도중에 이유 없이 서둘러 비누칠을 대충 닦는다든지, 평소와 같으면 아무런 불만 사항 없이 기다릴 수 있는 룸서비스를 재촉한다거나, 심지어는 패스트푸드로 식사를 해결하려 시도하는 경우도 있다는 것이었다. 마음은 급해지고, 내가 본래 있어야 할 자리가 도박장이 되어버린 것이고, 비로소 그곳에 도착해야만, 나 나름대로가 생각하기로는 차분하다고 느낄 수 있었고, 그런 기분을 되찾아야지만, 지금의 내 삶에 위안을 하고 있었던 것이었다. 더욱이 무섭다고 느끼는 것은, 내 자신의 삶에 관하여 뒤돌아 생각해 보지 않았다면, 지금 내가 무엇을 위하여 이런 행동을 하고 있는지, 또한 지금처럼 금전적 여유가 없었더라면, 목적도 분명해졌을 것이며, 그러한 환경에서 도무지 인간은 올바른 판단을 할 수 없을지도 모른다는 생각을 하게 되었다.

마음의 안정이 찾아오고 있다. 글을 쓰고 나니, 조금 후련한 것 같으면서도, 한편으로 무언가 부족한 느낌이 들어온다. 오늘만큼은 술을 마시지 않기로 다짐했지만, 목이 말라 샴페인을 한 병만 마시기로 했다.

-12.12.27.

연말 분위기가 한창인 것 같다. 크리스마스와 같은 특별한 날들은, 내 삶에 불편함을 주고 있었다. 거리에 많은 사람들이며 호텔로 놀러 오는 가족 단위 인원들 때문에, 웨이팅은 길어졌고 심지어는 시끄럽기까지 했다.

하필이면 주말까지 겹쳐 사람들이 더 많은 것 같았다. 일부러 메인스트릿을 조금 벗어나 생활을 하고 있지만, 이런 날에는 그러한 것들은 아무 소용없다는 것을 알게 되었다.

덕분에 며칠간은 게임을 쉬기로 했다. 낮에는 메일 확인을 했는데, K에게 메일이 수신된 지 시간이 많이 지났었다는 것을 알게 되었다. 짧게 답장을 했지만, 딱히 거짓말을 피하기로 작정했던 탓에 답변을 하는 데 많은 고민이 필요했었다. 그 후에는 그동안 일기장을 읽어보았고, 지율과 주고받던 편지와 이메일들을 반복해서 읽었다.

모든 것을 내려놓고 잠시 쉬어야겠다.

-12.12.29.

사랑한다며 속삭이던 상대방의 목소리. 그리고 진실한 그 표정을, 서로가 멀어진 상태로 간직하고 살아야 하는 것은 쉽지 않다는 생각이 든다.

작년 이맘때쯤의 내 삶은, 지금과는 전혀 다른 방향이었다. 두려움도 가득했지만, 모든 것은 상대방으로 하여금 나를 안도시켰다. 그리고 무엇보다, 우리만의 세상에 모든 틀을 맞추고 살아간다는 그 재미는, 겪어보지 못한 사람은 절대로 이해할 수 없다는 것을 장담할 수 있다.

우리는 그 당시 많은 약속을 했다. 함께할 수만 있다면, 서로가 어떤 상황에서든 용기 내어 행동하기로 약속했었다. 그리고 나는 그렇게 다짐한, 내 모든 언어에 의미를 부여했고, 심지어는 그러한 삶의 방식에 충분히 자신 있었다. 그래야만, 내가 그동안 배우고 노력했던 모든 것들이 쓸모없지 않은 행동이었다는 것을 증명할 수 있는 기회였으니깐. 그리고 무엇보다 그녀만이 내 삶을 윤택하고 즐겁게 만들어 줄 수 있는, 세상의 유일한 존재였다는 것을 장담할 수 있었기 때문이었다.

하지만, 그렇다고 지금의 내 삶의 방식에 후회는 없다. 적어도 나는 세상 반대편의 행복과 지금 겪고 있는 세상 끝에서의 모든 절망들을 겪어보았기 때문이다. 그렇게라도 나는 이 모든 것들을 이 삶에서 공존하게 되었고, 차라리 이전의 무의미한 삶보다는, 그녀를 알게 되었던 이 현실만으로 충분하다는 생각이 들곤 한다.

도스토옙스키의 작품 〈백야〉에서도 몽상가인 주인공이 상대를 그리워하며 이야기했었다. 〈사랑하는 나스첸카, 나의 마음을 의심하지 말라. 당신 하늘이 언제까지나 푸르기를, 당신의 아름다운 미소가 언제까지나 아늑하게 지속되기를 그리고 더없는 기쁨과 행복의 순간에 하느님의 은총이 함께하기를. 그것은 당신이 다른 한 사람의 고독과 감사에 넘치는 마음에 건네주는 행복이기도 한 것이다. 아아! 더없는 기쁨의 완전한 순간이여, 인간의 기나긴 삶에 있어서, 그것은 결코 부족함이 없는 한순간이 아니겠는가.〉

나 또한 이러한 몽상가의 삶의 방식에 동의하면서, 상대방을 영원히 간직할 것이다. 그렇게 그녀와의 약속을 지키며, 진정한 사랑이란, 현재하고 있는 사랑이라는, 생각을 가진 자들을 실컷 비웃을 것이다.

-12.12.31.

평생을 함께할 것만 같았던 상대방과 멀어진 후, 이제는 나 혼자만의 방식으로 세상과 직면하고 있다. 그렇게 이제는 1년에 가까운 모든 계절을 혼자 느끼게 되었다. 밤의 차가운 공기부터, 수많은 별들을 바라볼 때. 그리고 봄비와 함께 차가워지는 밤공기와 가끔은 시원하다고 느끼는 여름밤의 하늘, 끝나지 않을 것 같았던 장마와 겨울과 함께 돌아오는 상대방의 모습들. 심지어 이 모든 것들을 혼자 겪었음에도, 상대와 함께한 것 같은 기분이 들기도 했다.

여러 가지 형태로 상대방을 그리워하면서, 내가 알고 있던 대상은, 나만의 몽상으로 조금씩 입장이 변할 때도 있었던 것 같았다. 지독히 누군가를 그리워하며 겪는 심리적 변화도, 내가 다른 문학 작품들을 통하여 보았을 때와 비슷한 방식으로 변하고 있다는 것을 알게 되었다.

이제는 충분히 혼자만의 삶을 겪어본 것 같다. 방탕한 생활은 나를 실컷 갉아 먹어주길 바랐는데, 내가 진정으로 심취하고 중독된, 여기 있는 이 게임장보다, 내 삶이었다는 것을 알게 되었던 것 같다. 하지만 그렇게나마, 중독거리에 관하여 삶의 형태는 조금씩 바뀌어 간다는 것쯤을 알게 되었는데, 어찌 보면 내가 상대방으로 하여금, 지금껏 지내온 이 삶들이 그것들과 비슷한 형태가 아니었을까 하는 생각도 들게 되었다.

-13.01.05.

미드타운 이스트 워커힐 호텔로 들어왔다. 막상 뉴욕에 도착하니 하루가 거의 끝나가는 시간이었다. 라스베이거스에서 따로 짐을 정리하지 않았고, 가방을 종이 박스에 포장하여 샌프란시스코 호텔로 보내 달라는 부탁을 남겼다. 방을 나간 후, 3일이 지난 뒤에 체크아웃을 부탁했고, 내가 없는 동안은 뒷정리는 삼가달라는 말을 남겼다.

메인 거실에 커다란 테이블이 있었는데, 레스토랑에서 구입한 싸구려 보드카 한 병과 도스토옙스키의 작품 〈노름꾼〉을 올려 두었다. 옆에는 팁으로 100불을 올려놓고, 책과 술을 쓰레기통에 버려달라는 메모를 남겨두었다.

겨울의 뉴욕은 나에게 많은 교감을 남겨주었다. 샌프란시스코나 라스베이거스보다는 많이 익숙한 곳이었기 때문인지, 조금은 편안해졌다.

자주 사용하던 작은 방은 누군가 먼저 예약을 했기 때문에, 허드슨강이 훤히 보이는 다른 큰 방을 사용하게 되었다. 뉴욕의 호텔은 좀처럼 작은 방에서 지내고 싶었지만, 귀찮게 꼬치꼬치 따지는 일 따위는 접어두기로 했다.

갑작스럽게 이곳에 오게 되었지만, 아직까지는 그 이유를 정확하게 모르겠다. 방에 들어와 블루라벨을 베이스로 한 위스키사워를 주문해 마셨다. K가 보고 싶다. 하지만 그에게 내 짐을 덜어 놓을 수 없었다.

-13.01.14.

내 자신이 완벽하다고 느끼던 시절이 있었다. 그때의 나 자신은 매우 강하고, 냉정하며, 사리 분별이 뛰어났었다. 어떠한 경우에도 상처받지 않았으며, 모든 경우에 대비하여 행동하고, 원하는 것들을 절대적으로 성취하는 모습이었다. 불과 작년, 이곳의 내 모습과 마주하고 있다.

나는 생각보다 많이 지쳐있었다. 항상 최고가 되길 바라던 주변인들의 시선. 그리고 나 자신에게 하여금 실망하지 않기 위한 노력들. 그 노력들에 비롯한 모든 감정의 절제. 나는 그것들이 내 삶에 무언가 커다란 것들을 남겨 줄 것이라는 한 줄기 희망을 갖고 살았던 것 같았다.

정확히 말하자면, 그 당시 나는 강한 것이 아니었다. 단지, 모든 경우의 수를 줄이고 살아가는 겁쟁이였을 뿐이다. 내가 이룬 것이라고는 고작 남들과 다른 세상에서 살아남는 방식뿐이었다. 싫어하는 것들이 있다면, 그것들과 직면하기보다는 피해 가는 성격과 비슷한 느낌이었다.

요즘은 많이 두렵다. 살아있는 것 그 자체에서 두려움이 찾아온다. 술에 취하면 사랑했던 여자의 환영이 보인다. 사실 그게 꿈인지 환영인지 아직 잘 모를 때가 많다. 그 무엇인 줄 모르는 상황조차 나는 사랑이라 믿고 있다. 어떠한 형태로든지 삶을 지속하기에는 너무 지쳐있었고, 마음이 아픈 것 같았다.

이곳에 오는 것이 아니었다는 생각도 몇 번 했다. 강한 척하던 겁쟁이의 모습과 지금은 모든 것을 잃은 내 모습으로, 이곳 뉴욕에 있다. 한때는 이곳에서 최고라는 칭호를 받으며 학업에 전념했고, 모두가 꿈꾸는 커다란 무대에서 일을 했다. 하지만 결국 나에게 남은 것은, 사랑하는 사람이 지나간 자리를 바라보는 것이 전부였다. 그 전부가 슬픈 것은 아니었지만, 내 삶이 갈수록 힘들어지는 건 사실이었다.

-13.01.18.

국내선을 이용하여 샌프란시스코로 이동하는 중이다.

뉴욕에 잠시 들렀던 이유를 이제야 조금 알 것 같았다. 딱히 생각하며 행동한 것은 아니었지만, 나도 모르게 무의식적으로 이곳에서, 지난날의 내 모습을 돌아보고 있었던 것 같았다.

모교를 둘러보고, 근처 센트럴파크로 이동하여 산책을 했다. 발목 통증이 계속 나를 괴롭혔다. 이제는 정말 심각할 정도로 통증이 자주 찾아왔는데, 걷다 쉬는 행위를 반복하면서 나름대로의 안정을 찾아가는 방식을 어느 정도 터득한 것 같았다. 대부분 좌측 발에 힘을 주며 걸었고, 조금 걸었다 싶으면 길거리에 앉아 잠시 휴식을 취했다.

센트럴파크 웨스트 벤치에 앉아 〈호밀밭의 파수꾼〉을 읽었다. 너무 많이 반복해서 읽었던 탓에 대부분의 문장까지 외우고 있었다. 추위 덕분에 손이 얼어붙어 책장 넘기는 것이 어려웠지만, 전부 읽기로 마음먹었기 때문에 멈추지 않았다.

책을 전부 읽은 후에는 내가 읽었던 벤치 위에 존 레논 싱글앨범과 함께 그것을 올려놓고 떠났다. 너무 추웠던 나머지 곧장 택시를 타고 공항으로 왔다.

국내선 체크인을 하는 동안, 추위를 이겨내기 위하여 포켓에 담아둔 버번위스키를 마셨다. 종일 밖을 돌았던 탓에 컨디션이 좋지 않았다.

잠시 수면이 필요할 듯하다.

-13.01.21.

어제는 호텔에 도착하기 무섭게 잠이 들었다. 새벽쯤 잠에서 깨어나 술을 마시고, 저녁 시간에 가까워서야 다시 잠에서 깬 것 같았다.

라스베이거스에서 보내놓은 가방은, 며칠 전에 도착했다는 안내를 받았다. 짐이 많지는 않았지만, 가방을 풀러 이것저것 확인을 하면서 시간을 보냈다. 딱히 귀중품이 있는 것도 아니었지만, 이번만큼은 왜인지 모르게 소지품을 확인하게 되었다.

일기장의 페이지가 얼핏 얼마 남지 않았다는 것을 이제야 실감했다. 처음에는 제법 오래 사용할 수 있을 거라 생각했지만, 정작 기록보다는 한 장씩 찢어 메모를 남겨두거나, 그리워하는 이에게 적은 편지를 불에 태워버리는 일에 사용을 많이 했던 것 같다.

K에게 보내야 할 편지가 잔뜩 쌓여 있었다. 여름쯤부터 조금씩 적어놓았던 것들인데, 결국은 보내지 못하고 이곳까지 가져오게 되었다. 특히 미국에 도착한 후로는 그에게 매일같이 편지를 적었지만, 정작 메일을 보낸다든지 간단한 메신저를 통한 인사조차 하지 않았다.

그와 대화를 하다 보면 내 일정 부분의 삶을 되찾을 수 있지 않을까 기대를 했지만, 지금 내 모습을 K가 보게 된다면, 무척이나 슬퍼할 것 같다는 생각이 들었기 때문이었다.

K와 항상 이야기를 나누며 꿈꾸던 세상은 과연 이 삶에 존재하는 것일까? 토마스 모어가 집필한 유토피아처럼. 우리 삶에 그런 이상적인 것들은 그저 몽상가의 이상 속에만 존재하는 것일까 의문이 든다. 그리고 내가 겪었던, 꿈같지만 너무 행복했던 그 순간들의 영원성이 과연 그가 말하던 유토피아였을까? 결국은 존재할 수 없는, 잠깐이지만 그것이 무엇인 줄 인지할 수 있을 정도까지만 보여지는 것들이 그것들의 끝이 아니

었을까 조심스럽게 주장한다. 하지만, 이제는 이러한 것들에 관하여 크게 기대하거나, 슬퍼하지 않게 되었다. 나는 충분히 상처받았고, 이제는 지쳐있다.

-13.01.22.

그녀가 떠난 후로, 삶에 직면하는 현실들은 어떠한 형태로 다가오든 크게 두렵거나 어색하지 않았다. 나에게 그보다 중요한 요소들은 없었기 때문일지도 모른다. 그래서 어떠한 것들에 관한 부정보다는, 이제는 겸허히 그것들을 받아들이기로 했다. 그것이 무엇이든 이제는 그냥 그렇게 하도록 마음먹었다. 아니, 아니지. 진즉에 나는 그렇게 하기로 다짐했지만, 지금은 그저 다시 내 마음을 확인하는 것 같다. 나 자신에게 어떠한 대답이라도 듣고 싶었지만, 결국 내가 들을 수 있는 것들은, 내가 소리 내어 말할 때 질문하는 것들의 메아리가 전부였던 것 같다.

술을 아무리 마셔도 두렵다. 이틀 전부터 마시던 위스키들이 어떤 것들인지도 모르겠다. 긴 꿈에서 깨어나면, 그다음 꿈이 이어져 있고, 그러다 지쳐 쓰러지면 아침이 다가온다.

내가 할 수 있는 것이라고는 고작 내 삶을 바꾸는 것 외에는 아무것도 없었다.

혹시라도 그녀가 내 삶에 돌아온다면 어떨까. 이제라도 마음을 바로잡아볼 수 있을까. 아니 아마도 이제는 불가능에 가까울 것이라고 생각한다. 모든 절망들을 바라본 상태로 이 삶을 지속하게 된다면, 그건 악몽의 연속일 뿐이니깐.

아… 사실 두렵지 않다고 말하고 있지만, 이제는 정말 두렵다. 곧 괜찮아질 거라는 희망으로 지금 여기까지 왔다. 하지만 결국 나에게 남은 것이라고는 더욱 깊어지는 상대방에 대한 마음과 절망. 그리고 그 과정을 기억하고 있는 나 자신일 뿐이라는 것이다.

그만 써야겠다.

-13.01.24.

친애하는 나의 벗, K에게

친애하는 나의 친구여. 내가 이렇게 비겁한 방식으로 세상을 떠날 것이라, 그리고 그 소식을 네게 전달하는 이유와 그 방식에 관하여는 매우 유감스럽게 생각해. 하지만 결코, 나는 이 삶에 관하여 버텨내지 못했지. 조금 더 편안해지는 방법을 선택하게 되었다는 것이 적당한 이유라고 생각이 들어.

하지만 너라면 이 편지를 남겨도 괜찮을 것 같다는 생각을 했어. 아무도 나를 이해할 수 없겠지만, 내 가장 소중한 친구인 너라면 내 결정에 관하여 이해할 거라 믿어 의심치 않지.

내 비로소 이 모든 것들에 대한 절망과 그 끝에 관하여, 이런 극단적인 방법을 선택했다고 생각할지도 모르겠지만. K 너라면, 내가 이런 단순함에 있어서 극단적인 행동을 하지는 않았을 것이라는 것쯤은 알고 있을 거라 생각해.

나도 어느 순간부터 너를 이해하기 시작했어.

마음의 문을 닫고 지낸 지 몇 년이 흘렀는지 몰라. 하지만, 한순간 다가오는 것에 대하여 방어하는 마음은 너무 힘든 일이었나 봐. 나도 모르게 내 마음속의 지물쇠를 풀어버렸어. 이것은 나의 뚜렷한 잣대에서 나오는 이성적인 판단으로는 제어가 불가능한 요소들이지.

물론 나는 믿지 않겠다고 했지만, 그것은 내 입 발린 술주정 정도에 불가하다는 것을 어느 순간 깨닫게 되더라고. 그것을 알았을 때가 차라리 지금이었다면 조금 덜 억울했을지 몰라.

그녀와 헤어지며 약속했었어. 마음을 열고 살겠다고.

하지만 이제는 내 마음에는 빈 공간이 없어. 온통 그녀뿐이지. 숨 쉴 때마다 조여 오는 그 고통은, 나를 벼랑 끝으로 몰아내고, 나를 점점 더 괴롭게 해. 하지만 아프지 않은 척 행동해야 해. 혹시라도 나로 인해 그녀가 아파하면 안 되거든. 최대한 자연스럽게 아프지 않은 척 연극하는 거야.

그렇게 긴 연극이 막을 내리면, 나는 이 무대 위에서 사라지고, 지금의 내 결정처럼, 이 삶에서 나는 지워지고 없을 뿐이지. 그렇게 잊혀 가는 것일 뿐이야.

K, 부탁이 있어. 그동안 내 삶을 기록한 이 이야기들을 네가 읽어주었으면 해. 그리고 이 더러운 세상에, 이 거짓으로 가득한 세상 속에서, 진심이라는 마음으로 누군가를 사랑하고 그리워하는 마음만을 간직한 채 살아가려는 한 사람이 살고 있었다고. 그리고 그 사람이 잠시 이 세상에 다녀갔다고.

넌 내 삶에 있어 최고의 친구였어. 최고의 존재로 남아주어 고마워.

- 당신의 영원한 친구로부터, 2013.1.25.

두 번째 노트를 조심스럽게 덮어놓은 그는, 한참 동안을 아무런 말이나 표정의 변화 없이 전방을 응시하고 있었다. 더욱이 그가 이전까지 했던, 행동들의 실마리가 조금 전까지 읽었던 노트, 그러니깐 우리의 주인공 K가 이토록 힘들어하고, 그리워하는 대상에 관한 이야기들로 시작하여, 이제는 그 끝에 다가서고 있다는 것을 짐작할 수 있었다.

하지만 어떠한 이유에서라도 그는, 지금 현재의 정신 상태를 온전하게 유지하려 노력하고 있는 것처럼 보였고, 그가 조금 전에 탁자 위에 올려두었던 권총을 바라보고 있는 모습에, 결과가 좋지 않을 것 같다는 생각도 할 수 있었다. 하지만, 평정심이라는 것에 관하여 돌아보기 힘들었기 때문일까, 노트 겉표지를 조심스럽게 쓰다듬으며, 눈물을 흘리고 있는 주인공은, 모든 절제된 것들에서부터 해방이 되었다는 것을 표현이라도 하듯, 불규칙적인 울음과 괴성으로 자신의 분노에 관하여 설명하고 있는 것처럼 보인다.

그는 상당히 지쳐있었다. 슬픔과 고통, 그리고 그러한 것들에서부터 지속되는 절망과 같은 것들은, 일정 순간이 지나면서 모든 것들에 관한 무감각을 표현하는 것이 대부분의 사람들인데, 지금 주인공인 K가 그러한 모습과 직면하고 있던 것이었다.

넋이 나간 모습으로 고개를 옆으로 살짝 눕힌 채 어깨는 힘을 뺀 상태로 축 늘어트린 모습이, 이 모든 것들을 감당하고 난 후, 그의 모습이었다.

K는 노트 옆에 올려 놓아둔 권총을 오른손으로 잡더니, 해머를 당겨 자신의 머리 우측으로 조준하였다. 그런 상태로 눈물을 흘리며, 다시 절규했다. 하지만 어떠한 이유에서일까, 그는 다시 이성을 되찾았고, 다행스럽게도 권총을 다시 테이블 위로 고스란히 올려놓았다.

테이블 위로 머리를 숙여, 소리를 지르고 있는 그의 모습이, 점차 검은 실루엣처럼 변하더니, 그 울음소리가 조금씩 아주 조금씩 작아졌다.